검선마도

조돈형 新무협 판타지 소설

FANTASTIC ORIENTAL HEROES

검선마도 12

조돈형 新무협 판타지 소설

초판 1쇄 찍은 날 § 2019년 12월 19일
초판 1쇄 펴낸 날 § 2019년 12월 26일

지은이 § 조돈형
펴낸이 § 서경석

총괄팀장 § 노종아
편집책임 § 김대용

펴낸곳 § 도서출판 청어람
등록번호 § 제387-1999-000006호
등록일자 § 1999. 5. 31
어람번호 § 제2-2820호

주소 § 경기도 부천시 부일로 483번길 40 서경B/D 3F (우) 14640
전화 § 032-656-4452 팩스 § 032-656-4453
http://www.chungeoram.com
E-mail § chungeorambook@daum.net

© 조돈형, 2019

ISBN 979-11-04-92104-9 04810
ISBN 979-11-04-91930-5 (세트)

검선마도

조돈형 新무협 판타지 소설

FANTASTIC ORIENTAL HEROES

12

劍仙魔刀

검선마도

제84장

흡성대법(吸星大法)

"풍월이 어제 개봉에 도착했다고 합니다. 아마 지금쯤이면 소림사에 도착했을 것입니다."

사마조의 말에 사마용이 웃으며 물었다.

"재미있는 일을 계획했다고?"

"예, 조만간 소림과 정무련이 북해빙궁을 공격하기 위해 움직입니다. 만약 풍월이 이들과 합류를 한다면 북해빙궁이 견디기가 쉽지 않을 겁니다."

"북해빙궁이 그렇게 만만한 곳은 아니다."

위지허가 의문을 표하자 사마조가 고개를 저었다.

"풍월에게 당한 타격이 생각보다 큽니다. 풍월과 그 동생 놈이 미친 척하고 날뛰기 시작하면 지금의 북해빙궁은 소림과 정무련의 공세를 감당하지 못합니다."

"얼마 전 북해무림에서 지원군이 이동하고 있다고 했던 것 같은데 아니더냐?"

"먼 곳입니다. 그들이 도착하기 전, 상황이 끝날 가능성이 큽니다. 사실 이대로 방치하는 것도 나쁘지는 않습니다. 북해 빙궁의 힘이라면 소림사나 정무련 역시 큰 피해를 감수해야 할 테니까요. 하지만 그보다는 북해빙궁이 조금 더 분탕질을 쳐주는 것이 낫다는 생각입니다. 소림사와 정무련에 큰 타격을 안기면서. 또한 앞으로의 계획을 위해서라도 풍월과 정무련의 우호적인 관계를 이쯤에서 끊어놓아야 합니다."

사마조의 판단이 옳다고 여겼는지 위지허가 고개를 끄덕이며 다시 물었다.

"한데 계획이 그리 쉽게 성공을 하겠느냐? 엄청난 공을 쌓고 돌아온 상황이다. 지금의 분위기라면 어지간해선 분란을 만들기가 쉽지 않을 텐데."

술잔을 비우던 사마용이 위지허의 말을 받았다.

"놈들이 흡성대법에 얼마나 경기를 일으키는지는 이 할애비도 안다. 하나, 우리가 놈이 흡성대법을 익히고 있다는 정보를 주었음에도 지금껏 무시하고 있는 상황이다. 다짜고짜 흡성대법 운운해 봐야 오히려 의심만 살 수 있다."

"걱정하지 마세요. 이번에 준비한 패가 제법 유능합니다. 배경도 나름 좋고, 특히 이게 아주 뛰어납니다."

사마조가 자신의 입을 가리키며 웃었다.

"그래, 그 패가 누구더냐? 정무련에 속한 자더냐?"

위지허가 물었다.

"아닙니다."

고개를 흔든 사마조가 회심의 미소를 지으며 말했다.

"조삼이라고 청의문의 장로입니다."

                    *   *   *

흡성대법이란 이름이 주는 충격파는 상당했다.

조삼의 외침에 대웅전에 모인 수뇌들은 극도의 혼란에 빠졌다.

느닷없이 등장한 흡성대법에 대다수는 영문을 몰라 하는 눈치였지만 소림사를 비롯해 정무련의 몇몇 수뇌들은 크게 낭패한 표정을 지었다.

자신이 흡기를 할 수 있다는 사실을 알았을 때 제갈총과 구양봉 등이 보여줬던 반응을 떠올린 풍월도 조금은 굳은 표정을 지었다.

조삼은 모두가 자신을 주목하고 있음에 크게 만족해하며 어깨를 으쓱거렸다.

"그대가 재미있는 소식을 운운하며 당 노선배를 추궁했으니 이번엔 내가 들은 재미있는 이야기를 해보지."

조삼은 풍월의 허락도 구하지 않고 곧바로 말을 이었다.

"굳이 말을 돌리지 않겠네. 자네가 흡성대법을 익히고 있다고 하던데, 사실인가?"

풍월이 곧바로 대꾸를 하려는 찰나 구양봉의 다급한 전음이 날아들었다.

[절대로 밝히면 안 된다. 절대로!]

풍월의 시선이 구양봉에게 향했다. 구양봉이 필사적으로 고개를 저었다.

이를 놓치지 않은 조삼이 풍월을 다그쳤다.

"왜 대답을 망설이는 것이지? 거짓말이라도 하려는 건가? 자네가 흡성대법으로 북해빙궁의 음한지기에 사경을 헤매던 후개를 살렸다지? 발뺌할 생각은 하지 말게. 당시 함께 후개를 치료했던 생사의괴의 제자들에게 직접 들었으니까."

생사의괴의 제자라는 말에 풍월은 북해무림을 치기 위해 떠나며 헤어졌던 왕수인과 용패를 떠올렸다.

'그래, 소림사로 간다고 했지.'

반가운 한편 조금은 이상한 생각이 들었다.

제갈총은 두 사람에게 자신이 흡기를 사용한다는 사실에 대해 절대적으로 함구할 것을 명했다. 또한 그들의 성정상 어디 가서 그런 사실을 떠들고 다닐 사람들이 아니었다. 특히 누구보다 자신을 무서워하는 용패는 더욱 그랬다.

'떠벌리고 다니지는 않았을 텐데.'

왕수인이 술에 취해 실수를 했다는 것을 알지 못한 풍월이 혹여라도 그들에게 무슨 일이라도 있는 것인지 걱정을 할 때, 그를 궁지에 몰아넣었다고 여긴 조삼은 기세를 살려 일을 더 크게 만들었다.

"또한 개천회를 상대하면서 몇 번이나 흡성대법을 사용했다는 것을 알고 있네."

개천회가 언급되자 가뜩이나 불안한 얼굴로 조삼을 바라보던 소림사와 정무련 수뇌들의 표정이 눈에 띄게 굳어졌다.

그런 수뇌들의 반응을 기다렸다는 듯 고개를 획 돌린 조삼이 정무련의 수뇌들을 향해 목소리를 높였다.

"제가 알기론 개천회에서 풍 공자가 흡성대법을 사용해서 개천회 고수들의 내력을 갈취했음을 정무련에 알렸다고 했습니다. 아닙니까?"

"무, 무슨 소리를 하는 것인지 모르겠네만."

련주인 남궁무백과 부련주 무학진인이 목숨을 잃은 이후, 사실상 정무련의 수장 역할을 하고 있던 장로 천검노자(千劍

老者) 고휘가 당황한 기색을 감추지 못하고 말을 더듬었다.

"손바닥으로 하늘을 감추려고 하지 마시지요. 이미 한참 전, 개천회에선 그가 흡성대법을 익혔음을 정식으로 항의한 것으로 압니다. 버러지 같은 것들이지요. 염치도 없이 감히 누구에게! 하나, 그자들이 항의를 한 것은 틀림없는 사실입니다. 한데 정무련에선 이 사실을 감추려고 했습니다. 대체 이유가 무엇입니까? 풍월, 그가 흡성대법을 익히고 있다는 것은 후개를 치료하는 과정에서 명백하게 밝혀진 것입니다. 장로께서도 그가 흡성대법을 익히고 있다는 것을 이미 알고 계시지 않습니까?"

쩌렁쩌렁하게 소리친 조삼은 경악으로 가득 찬 눈으로 고휘와 자신을 바라보는 여러 수뇌들을 향해 동조를 구하는 눈길을 보내더니 더없이 심각한 표정을 짓고 있는 독수신개를 향해 이내 화살을 돌렸다.

"독수신개 노선배께서도 알고 계셨을 겁니다. 당연하지요. 천하의 개방이 그런 정보를 모른다는 것은 애당초 말이 되지 않으니까요. 그럼에도 침묵하고 외면하신 이유는 후개 때문입니까? 후개가 흡성대법으로 인해 목숨을 구했으니 그냥 덮어 두려 한 것은 아닌지 여쭙는 것입니다."

순간, 독수신개의 턱 밑이 씰룩이고 입술이 파르르 떨렸다. 하지만 그는 입을 열지 못했다. 당사자인 풍월이 입을 다물고 있는 상황에서 그에게 큰 은혜를 입은 개방에서 먼저 모든 사실을 인정할 수는 없었기 때문이다.

꼬장꼬장하기로 유명한 독수신개마저 꿀 먹은 벙어리로 만들어 버린 조삼이 누군가와 시선을 교환했다. 자신이 불을 피웠다면, 그 불을 활활 타오르게 해줄 자였다.

"조 장… 문주의 말이 사실입니까, 장로님?"

조삼을 장로에서 문주로 슬며시 격상시킨 사람은 열혈검객(熱血劍客) 용화문이란 자였다. 딱히 어떤 문파에 적을 둔 자는 아니나 꽤나 의협심이 넘치고 나름의 협행을 많이 해서 하북에선 제법 신망을 얻고 있는 자였다.

"그것이……."

고휘는 쉽게 대답을 하지 못했다. 아니라고 딱 잘라 말하고 싶었지만 개천회에서 그런 전갈이 왔다는 사실을 아는 이들의 숫자가 꽤 되는 데다가 조삼의 자신만만한 태도에 차마 거짓말을 할 수가 없었다.

고휘가 머뭇거리자 용화문의 목소리가 거칠어지기 시작했다.

"어째서 말을 하지 못하는 겁니까? 풍월, 저자가 흡성대법을 익히고 있다는 조 문주의 말이 정녕 사실입니까? 아니, 그보다 무슨 이유로 그 사실을 숨긴 것입니까?"

용화문뿐만이 아니었다.

의구심 넘치는 눈빛으로 고휘와 정무련 수뇌들의 반응을 살피던 이들이 서서히 분노하기 시작했다.

풍월이 흡성대법을 익히고 있다는 것도 경악할 일이지만 그 사실을 몇몇 사람들이 은폐하고 숨겼다는 것이 참을 수가 없었다.

"수, 숨기다니 그건 오해일세."

고휘가 식은땀을 흘리며 고개를 저었다.

"오해… 라고요?"

용화문의 입술이 한껏 비틀렸다.

"지금껏 흡성대법을 익혀왔던 자들이 정사마를 막론하고 무림의 공적으로 지목되었다는 것은, 흡성대법은 절대로 익혀서는 안 되는 무공이란 뜻입니다. 이토록 심각한 일을 몇몇 사람이 쉬쉬한다는 것은 우리 모두를 무시하는 처사가 아니고 무엇이란 말입니까?"

용화문이 제대로 불을 질렀다.

용화문의 외침에 대웅전에 모인 강북무림의 수뇌들이 일제히 동조하기 시작했다.

"그가 정말 흡성대법을 익힌 것이오?"

"어째서 은폐한 것이오? 고 장로는 어서 설명을 해보시오."

"정녕 우리를 기만한 것이오?"

고휘에게 향했던 분노의 불길이 조금씩 풍월에게도 옮겨붙기 시작했다. 그럼에도 차마 입을 열지 못하는 상황에서 조삼이 다시금 나섰다.

"이제는 그대가 대답을 해줘야 할 차례인 것 같군. 다시 묻겠네. 흡성대법을 익힌 것이 맞는가?"

모두의 시선이 풍월에게 쏠렸다.

풍월이 주변을 천천히 돌아보았다.

절대로 밝혀선 안 된다는 듯한 얼굴로 여전히 고개를 젓는 구양봉.

이미 자신의 선에서 해결을 할 수 없는 상황에 모든 것을 놔버린 듯한 얼굴의 고휘와 정무련의 수뇌들. 은폐의 책임을 함께 지며 연신 불호를 외는 소림사 방장 혜인의 표정도 어둡기는 마찬가지였다.

분노와 놀람, 경악, 그럼에도 혹시나 하는 마음으로 초조하게 자신을 바라보는 많은 이들의 눈길이 느껴졌다.

특히나 의기양양한 태도로 자신을 오만하게 바라보는 조삼의 표정이 눈에 거슬렸다.

"난 흡성대법을 익히지 않았습니다."

풍월이 담담한 어조로 말했다.

숨죽이며 풍월의 대답을 기다리던 이들의 입에서 안도의 한숨이 흘러나올 때 조삼의 외침이 터져 나왔다.

"거짓말! 이렇듯 증거들이 있는데 발뺌을……."

"좀 닥칩시다."

풍월이 가볍게 손을 휘두르자 조삼이 하얗게 질린 얼굴로 입을 다물었다.

손짓 하나로 조삼의 입을 틀어막은 풍월이 그에게 다가가 손을 뻗었다.

당황한 조삼이 황급히 물러나려 했으나 어느새 팔을 틀어 쥔 풍월이 차갑게 웃으며 말했다.

"흡성대법은 아니나 흡기라고 상대의 내력을 빼앗을 수 있는 무공을 익히기는 했습니다. 뭐, 대충 내용은 비슷하겠네요. 어떻게, 보여 드릴까요?"

풍월의 웃음에 조삼은 아무런 대꾸도 하지 못했다.

벌벌 떨며 연신 눈알만 굴리는 것이 방금 전까지 정무련의 수뇌들을 몰아붙이던 당당한 모습은 온데간데없었다.

피식 웃은 풍월이 조삼의 손목을 놔주며 가볍게 밀었다.

뒤로 밀려난 조삼이 엉덩방아를 찧으며 볼썽사납게 넘어졌다.

"낮술을 드셨나……"

가볍게 조소를 보낸 풍월이 좌중을 둘러보며 말했다.

"흡성대법이 정확히는 뭔지 모르나 제가 익힌 무공과 대충 원리는 비슷할 것 같습니다. 음, 분리하기 애매하니 그냥 흡성 대법을 익혔다고 해두죠."

"흐, 흡성대법은 무림에서 절대 금기시하는 무공이다."

용화문이 한 발 나서며 말했다.

"그래서요?"

"그, 그래서… 라니?"

용화문이 멍한 표정으로 되물었다.

"익혔으니 어쩌라고요?"

풍월이 당당히 되묻자 오히려 말문이 막혔다.

"그렇게 쉽게 말을 할 것은 아니라네, 풍 공자."

악가의 가주 악진산이다.

악진산의 존재감은 조삼이나 용화문에 비할 바가 아니다.

대웅전에 일순 긴장감이 맴돌았다.

"아, 그전에 중양절의 일에 대해선 고맙게 생각하네."

"예?"

악진산의 뜬금없는 발언에 풍월이 오히려 당황했다.

"제갈세가의 조언 덕에 본 가가 무사히 위기를 넘길 수가 있었네. 다소의 피해는 있기는 했지만 다른 곳에 비하면야 피해도 아니지."

중양절에 난리가 났다는 말은 들어 알고 있지만, 지금 악진산이 어째서 자신에게 그런 말을 하는지 여전히 이해하지 못했다.

"나중에 알게 되었네. 제갈세가에게 개천회의 음모에 대해 조언을 한 사람이 바로 자네라고."

"제가요?"

풍월이 눈을 동그랗게 뜨며 되물었다.

"제갈세가에서 직접 밝힌 말이라네."

'그랬… 나?'

풍월은 제갈중이 자신이 아무렇게나 던진 몇 마디 말에서 개천회의 음모를 의심했을 줄은 꿈에도 생각하지 못하고 여전히 고개를 갸웃거렸다.

"그렇듯 무림에 큰 공을 세운 자네에게 이런 문제가 발생한 것은 참으로 유감스럽네. 흡성대법이라. 이게 결코 쉽지 않은 문제라네."

"쉽다고는 생각하지 않았습니다. 하지만 어쩌겠습니까? 이미 익혀 버린 것을."

"어째서 그런 것인가? 검선과 마도 선배의 무공만으로도 자네는 이미 무림에 큰 충격을 안겼네. 게다가……."

잠시 말을 끊었던 악진산이 착 가라앉은 음성으로 말을 이었다.

"천… 마의 무공도 얻은 것으로 아는데. 아닌가?"

어찌 보면 굉장히 예민한 문제일 수 있기에 천마의 무공을 언급하는 악진산의 태도는 무척이나 조심스러웠다.

악진산이 천마라는 이름을 거론하자 대웅전에 숨 막힐 듯한 긴장감이 찾아왔다.

사람들은 천마동부에서 죽은 것으로 알려졌다가 살아난 풍월의 무공이 이전과는 비교가 되지 않을 정도로 상승했다는 점을 들어 천마의 무공을 얻었을 것이라 추측했다. 물론 풍월과 인연이 있는 사람은 그가 천마의 무공을 얻었다는 것을 알고 있었지만 정확히 세상에 공표가 된 것은 아니었다.

한데 바로 지금, 당사자에게 직접 사실을 확인할 수 있는 순간이 온 것이다.

"맞습니다. 천마 조사의 무공을 얻었습니다."

풍월의 말에 사방에서 장탄식이 터져 나왔다.

천마라면 명실공히 고금제일인.

곳곳에서 터져 나온 탄식엔 자신이 아닌 다른 사람이 천마의 무공을 얻었다는 것에 대한 아쉬움과 안타까움, 부러움과 질투가 가득했다.

"그래서 더욱 이해할 수가 없다네. 인정하고 싶지는 않으나 천마의 무공은 이미 고금제일. 그런데 어째서 흡성대법 같은 금기의 무공을 익힌 것인가?"

악진산이 버럭 화를 냈다. 그의 얼굴엔 분노보다는 안타까움이 가득했다.

비록 천마의 무공을 이었다지만, 그가 검선의 후예임은 아무도 부정할 수가 없다.

혼란에 빠진 무림을 구해내고 능히 천하의 영웅이 될 인물이 흡성대법이라는 금단의 무공 때문에 추락할 수도 있다는 생각에 괜스레 화가 났다.

그런 악진산의 마음을 이해한 풍월이 쓰게 웃으며 말했다.

"어쩌겠습니까? 그것도 천마 조사가 남긴 무공인 것을."

"천마가? 허! 고금제일인이 된 이유도 흡성대법 때문이었던 것인가?"

악진산이 어처구니없다는 얼굴로 말하자 곳곳에서 비슷한 반응이 터져 나왔다. 마도에서 고금제일인이 나왔다는 것에 내심 불만을 품고 있던 자들은 흡성대법이란 꼬투리를 가지고 천마의 업적을 깎아내리기에 정신이 없었다.

더 이상 듣고 있기가 짜증 났던 풍월이 힘차게 발을 굴렸다.

쿠우우웅!

묵직한 진동이 대웅전을 뒤흔들며 천장에서 먼지가 후두둑 떨어져 내렸다. 소림사의 수뇌들이 기겁한 얼굴로 풍월과 대웅전의 천장을 살폈다.

공각이 눈을 부라리는 것을 의식하며 살짝 손을 들어준 풍월이 말했다.

"천마 조사는 흡성대법을 익히지 않았습니다. 아니, 애당초 익힐 필요가 없었습니다."

"하지만……."

누군가가 입을 열려 하자 바로 잘랐다.

"천마 조사가 남긴 무공을 본다면 흡성대법 운운하는 것이 얼마나 어처구니없는 것인지 알게 될 것입니다. 알기 쉽게 설명해 드리지요. 장담컨대 이곳에 계신 그 누구도 제 상대가 되진 않을 것입니다. 아닙니까?"

천하 무림의 본산인 소림사에서 하는 말치고는 참으로 광오했지만 다들 인정하지 않을 수 없었다. 지금까지 풍월이 보여준 무위는 그만큼 압도적이었다.

"그런 제가 천마 조사가 남긴 무공을 고작 칠성 정도 익혔습니다. 이게 무슨 뜻인지 모르시진 않을 겁니다."

"……."

다들 침묵했다.

당연히 모르지 않았다. 제대로 익히지도 못한 무공을 가지고 천하제일인으로 인정받고 있는 상황이니 그 무공을 남긴 천마의 무위가 어땠을지 상상도 되지 않았다.

"그럼에도 흡기라는 무공을 남긴 이유는 딱 하나입니다."

풍월이 주변을 돌아보며 차갑게 말했다.

"천마 조사를 배반했던 팔대마존, 그리고 그들과 야합하여 천마 조사를 공격했던 자들에게 내리는 천벌입니다. 그자들의 후손을 만나면 반드시 응징을 하라며 남긴 무공이 바로 흡기입니다. 아시겠습니까? 천마 조사가 복수를 위해 남긴 무공이란 말입니다."

천마와 팔대마존 간에 얽힌 비사를 알지 못하는 이들은 풍월이 무슨 말을 하는지 제대로 이해하지 못했다. 그것과는 상관없이 풍월은 말을 이었다.

"믿을 수 없겠지만, 아니, 믿거나 말거나 상관없습니다. 제가 흡기, 알기 쉽게 흡성대법이라고 하죠. 흡성대법을 사용하는 상대는 한정적일 것입니다. 천마 조사를 배반한 팔대마존의 후예와 그에 동조했던 자들로. 아, 그리고 천마 조사를 배반했던 팔대마존 중 한 명이 만독마존입니다. 그리고 그 악녀의 무공을 이은 자가 바로⋯⋯."

풍월의 시선이 논란에서 한 걸음 물러나 있던 당인에게 향했다.

"당령입니다. 참고로 말씀드리자면 만독마존이 남긴 독공은 흡성대법보다 훨씬 더 잔인하고 끔찍합니다."

풍월의 말에 당인과 당온의 표정이 딱딱히 굳었다. 애당초 당령과 풍월은 양립할 수 없는 상대라는 것을 비로소 인지한 것이다.

"거짓말! 그대는 어째서 진실을 호도하는 것이냐?"

조삼이 결연한 표정으로 나섰다.

"우리는 천마의 무공을 모른다. 천마와 팔대마존의 비사도 모른다. 그대가 어떤 식으로 이야기를 꾸며도 모른다는 말이다. 하지만 한 가지는 알고 있지. 천마가 남겼든 누가 남겼든 간에 네가 흡성대법을 익혔다는 사실을. 그리고 무림사에 흡성대법을 익혔던 자들의 말로는 변함이 없었다. 강함에 대한 끝없는 갈구. 그로 인해 남들의 내력을 탐냈고 또 탐냈지. 정사마를 가리지 않고 얼마나 많은 이들이 그 탐욕으로 헛되이 사라졌던가. 무림에서 흡성대법을 금기하고 그것을 익힌 자를 공적으로 하여 말살한 이유가 바로 그것이다."

풍월이 가소롭다는 표정으로 팔짱을 끼자 조삼이 주변을 돌아보며 피를 토하듯 말했다.

"그가 지금까지는 무림에 많은 공을 세운 것은 사실입니다. 하지만 그 바탕에 흡성대법이 있다면 그 공을 어찌 받아들여야 하는 것입니까? 어쩌면 천마동부에서 사라진 수많은 군웅들이 저자의 흡성대법에 당한 것일 수도 있습니다. 내 핏줄이, 제자가, 사형제가 저자의 탐욕에 헛되이 희생되었을 수도 있다는 말입니다."

"무슨 헛소리를 하는 겁니까!"

구양봉과 공각이 동시에 외쳤지만 조삼은 물러서지 않았다.

"억측일 수도 있습니다. 하지만 지난 역사를 돌이켜 보십시오. 흡성대법을 익힌 자는 한 명도 예외 없이 같은 길을 갔습니다. 내 장담하지요. 이곳에 있는 분들의 혈육이, 제자 중 누군가는 반드시 놈의 제물이 될 것입니다. 우리가 놈을 이대로 방치한다면 말이지요. 그때 가서 후회를 하셔봐야 이미 늦습니다."

"하면 어찌해야 한다는 말씀입니까?"

용화문이 분기 넘치는 얼굴로 물었다.

"당연히 무림공적으로 지목해야 할 것이오. 지금까지의 전례라면 의당 무공을 폐하고 또한 사지의 심줄을 잘라야 할 것이나, 그간의 공적을 인정해 무공을 폐하는 수준이면 적당할 것 같소. 물론 그의 핏줄 또한 같은 조치를 받아야 하오. 흡성대법을 익혔던 자의 삼족을 멸했던 전례를 따라."

다들 멍한 표정이다.

조삼의 말이 딱히 틀리지는 않았으나 당사자를 앞에 두고 이렇듯 자극적인 말을 쏟아낼 것이라고는 아무도 상상하지 못했다.

다른 사람도 아니고 풍월이다.

화산검선과 천산마도의 후예이자 고금제일인 천마의 무공을 이어받은 전인이자 개천회라는 거대한 적과 맞서 싸우는 젊은 영웅.

그렇다고 흡성대법을 익히고 사용하는 것을 용인해서는 안 되겠지만 이렇듯 성급하게 풀 문제가 아니었다.

풍월이 흡성대법을 익혔다는 정보를 얻고도 소림사와 정무련의 수뇌들이 며칠 동안 고민하다 잠시 덮어둔 것도, 누구보다 성격이 급한 악진산이 그토록 조심스럽게 접근하는 이유가 있는 것이다.

고휘 등은 자신들의 심모염려(深謀遠慮—깊이 고려하는 사고와 멀리까지 내다보는 생각)를 이해하지 못하고 천둥벌거숭이처럼 날뛰는 조삼을 향해 원망 섞인 표정을 내비쳤다.

특히 구양봉의 표정은 놀람과 경악을 넘어 두려움으로 하얗게 질렸다. 가족은 풍월에겐 역린이다. 결코 건드려선 안 되는.

"미친! 무슨 헛소리를 하는 것……."

구양봉이 나서려고 했지만 이미 늦었다.

어느새 조삼의 앞에 이른 풍월이 그의 멱살을 틀어쥐었다.

"방금 뭐라 했지? 삼… 족을 멸해?"

풍월의 무심한 눈빛에서 가공할 살기가 뿜어져 나왔다.

"저, 전례가 그렇다는 것이지. 꼭 그럴 필요는……."

조삼이 변명하며 발버둥을 쳤지만 풍월은 이를 용납하지 않았다.

풍월이 조삼을 눈앞으로 끌어당겼다.

"전례? 좋아. 하지만 한 가지는 알아둬라. 무림엔 그 어떤 전례보다 우선하는 대전제가 있다는 것을."

조삼이 눈을 까뒤집기 시작하자 손을 푼 풍월이 허물어지는 그의 몸을 그대로 걷어찼다.

끊어진 연처럼 날아간 조삼의 신형이 대웅전의 기둥에 부딪치고 떨어졌다. 다행히 주변에 있던 누군가가 손을 쓴 것인지 큰 충격을 받은 것 같지는 않았다.

"강자존. 삼족을 멸한다고? 할 수 있으면 해봐."

풍월이 켁켁거리는 조삼을 향해 천천히 걸어갔다.

"멈춰랏!"

용화문이 그의 발걸음을 막고 나섰다.

용화문뿐만이 아니었다. 그를 제외하고도 무려 다섯 사람이나 풍월의 앞을 막아섰다. 모두가 한 지역, 세력을 대표하는 수뇌들이었다.

"비켜."

풍월이 차갑게 외쳤다.

"역시 이럴 줄 알았다. 감춰두었던 잔인한 본성을 드러내는구나. 이런 놈이 영웅은 무슨. 개에게나 줘버려라."

누군가 비웃음을 흘리며 소리쳤다.

그 말이 끝나기도 전, 그의 몸은 맞은편 벽을 향해 날아가 처박혔다.

"악!"

그가 하북무림에서 무척이나 명망이 높은 인사라는 것을

확인한 구양봉의 입에서 절망 섞인 탄식이 터져 나왔다.

풍월이 구양봉을 향해 고개를 돌렸다.

"장백산까지 구경하고 왔는데 무림공적이라네."

풍월이 피식 웃으며 물었다.

"나 지금까지 뭐 하는 거야?"

"……"

"무림공적은 그렇다 쳐. 삼족을 멸한다고 하네. 이래도 참아야 하는 거야?"

풍월이 구양봉의 눈을 정면으로 응시하며 물었다.

구양봉이 갑자기 배를 움켜잡았다.

"절에 오기 전에 개 한 마리를 삶았더만 부처님이 노하셨나 속이 영 안 좋네. 야, 땡중."

구양봉이 느닷없이 공각을 불렀다.

"여기 측간이 어디냐? 잘못하다간 여기다 싸지르겠다."

"미친… 새끼!"

욕설을 내뱉으며 달려온 공각이 구양봉을 낚아채며 마치 누군가에게 들으라는 듯 큰 소리로 외쳤다.

"지금은 참아! 신성한 대웅전이다. 정 참기 힘들면 다른 곳에서 싸든가!"

말이 끝났을 때 공각과 구양봉의 신형은 이미 대웅전에서 사라지고 없었다.

풍월과 인연이 깊고, 풍월의 방패막이 될 수도 있는 구양봉과 공각이 대웅전에서 사라지자 반응은 극명하게 갈렸다.

혹여나 구양봉과 공각, 정확히는 개방과 소림이 개입하지 않을까 걱정하고 있던 용화문 등은 반색을 한 반면에 당연히 중재에 나설 것이라 예상하고 있던 정무련의 수뇌들은 두 사람의 느닷없는 줄행랑에 기함을 금치 못했다.

두 사람이 사라진 곳을 멍하니 바라보던 풍월이 슬쩍 고개를 돌렸다.

염화미소(拈華微笑)를 짓고 있는 대웅전 불상이 한눈에 들어왔다. 흥분했던 마음이 조금은 차분해졌다.

"부처님 앞에서 추태를 보였습니다. 이만 물러가도록 하겠습니다."

풍월이 근심 어린 표정으로 연신 불호를 되뇌는 혜인을 보며 고개를 숙였다.

"아닙니다. 추태라니요. 본승은 그저 풍 공자의 배려에 감사할 따름입니다."

혜인을 비롯한 정무련의 수뇌들은 풍월이 더 이상 폭주하지 않고 물러난다는 말에 안도하는 분위기였다. 특히 대웅전이 난장판이 되는 것은 어떻게든 막아야 했던 혜인의 입장에선 더욱 그랬다. 다만 모든 이들이 그들의 마음과 같지는 않다는 것이 문제였다.

"악적은 어디를 내빼려는 것이냐?"

조삼 앞을 막아섰던 거력도(巨力刀) 임무가 이름만큼이나 큰 칼을 빼 들며 소리쳤다.

임무 옆으로 용화문을 비롯하여 그와 뜻을 같이하는 자들이 시위하듯 기세를 뽐냈다.

풍월은 오만한 눈빛으로 그들을 쓸어보다 말했다.

"헛소리는 하지 말고. 대웅전이 망가졌을 때 뒷감당을 할 자신이 있으면 막아보든가."

풍월을 도발했던 임무는 물론이고 그와 동조하던 이들은 뒷감당이란 말에 흠칫 놀라며 주변을 돌아보았다.

다른 곳도 아니고 소림사의 대웅전이다.

혜인을 비롯한 소림 수뇌들의 사나운 눈빛에 그제야 자신들이 무슨 짓을 하려 했는지 깨달았다.

이들이 어쩔 줄을 몰라 할 때 겨우 몸을 추스른 조삼이 피를 토하며 외쳤다.

"무, 무림공적이외다. 절대로 놓쳐서는 안 되오. 놈이 사악한 방법으로 얻은 힘을 바탕으로 공을 세웠다 한들 그것이 진정한 공이겠소이까! 결과가 아무리 좋다 하여도 과정이 좋지 못하면 그 결과 또한 부정되어야 마땅한 것이오. 힘이 있다고 덮고, 인연이 있다고 덮고, 은혜를 입었다고 덮는다면 우리가 저 사특한 마도 놈들과 다른 점이 무엇이란 말이오! 지금 당장 필요하다고 분란의 씨앗을 품었다간 나중에 걷잡을 수 없는 결과를 가져오는 법입니다. 장차 흡성대법을 익히는 자가 또 나타났을 때 우리는 대체 무슨 명분으로 그자를 제지할 수 있단 말입니까. 한번 무너진 정의와 명분을 다시금 바로 세우려 한다면 몇백 배, 몇천 배는 더 힘들다는 것을 아셔야 할 것이외다!"

조삼의 울분에 찬 음성이 대웅전을 흔들었다. 그리고 침묵하는 다수의 마음을 조금씩 흔들었다.

의와 협을 무엇보다 중시하며, 명분에 죽고 명분에 사는 사람들.

마도에서 흔히들 정파를 비웃을 때 허울 좋은 명분에 목숨을 건다고 하지만, 어찌 보면 그렇기에 정파라 할 수 있었다.

풍월은 주위의 분위기가 심상치 않게 변하는 것을 느끼며 무거운 표정으로 걸음을 옮겼다.

조삼이 대웅전을 빠져나가는 풍월을 보며 막아야 한다고 소리를 질러댔으나 대웅전에서의 싸움만큼은 결코 용납할 수 없다는 혜인의 경고로 인해 불상사가 벌어지지 않았다.

제85장

무력시위(武力示威)

　그것으로 모든 일이 일단락된 것은 아니었다.

　풍월이 대웅전을 벗어나기 무섭게 용화문과 임무 등이 풍월의 앞을 막아섰다.

　풍월을 무림공적으로 삼고 반드시 제재를 해야 한다는 조삼의 외침이 효과가 있었는지 앞을 막는 인원의 수가 어느새 곱절은 늘어나 있었다.

　풍월은 자신의 앞을 막아선 사람 중에 당인과 당온이 끼어 있는 것을 보며 비웃음을 흘렸다.

　한편, 한바탕 소란을 떨고 대웅전을 빠져나와 맞은편 전각 아래서 숨을 죽이고 있던 구양봉과 공각은 대웅전을 빠져나온 이들 중 상당수가 풍월을 에워싸자 한숨을 내뱉고 말았다.

"네 미친 짓으로 달아오른 분위기를 깨긴 한 것 같지만, 역시 예상대로네. 쉽게 끝날 것 같지는 않다."

공각의 말에 구양봉이 키득거리며 말했다.

"고마워나 해라. 내 미친 짓 덕에 대웅전이 멀쩡한 거니까. 그대로 부딪쳤으면 어디 한 곳은 이미 무너져 내렸다."

"미친 짓 덕분이냐? 대웅전은 건드리지 말라는 나의 꾸짖음이 통한 거다."

"꾸짖음 좋아하네. 사정한 거지."

구양봉이 비웃음을 흘리자 공각이 도끼눈을 치켜뜨며 소리쳤다.

"시끄럽고. 어쩔 거야? 그냥 두고만 볼 거야?"

"두고 안 보면?"

"이쯤해선 우리도 입장을 정해야 할 것 같아서."

"입장은 뭔 입장. 이미 정해져 있는 것을."

"그런 인간이 이렇게 도망쳤냐?"

공각의 힐난에 구양봉은 단호히 고개를 저었다.

"정리를 할 시간이 필요해서 그런 거지. 실수를 하면 안 되니까."

"그럼 이제 정리가 된 거냐?"

"그래. 녀석이 흡성대법을 익혔다는 것을 알았을 때부터 오늘 같은 일을 염두에 두고 있었다."

구양봉의 눈빛을 보며 공각은 어떤 의지를 느낄 수 있었다.

"너는?"

막 걸음을 옮기려던 구양봉이 갑자기 고개를 돌려 물었다.

"애당초 정리할 필요도 없었다. 이 문제에 대해선 처음부터 확고했으니까."

공각이 당연하다는 듯 대꾸하자 구양봉이 그의 어깨를 두드리며 말했다.

"너무 무리하지 마라. 그러다 파계당하고 쫓겨난다."

"상관없다. 뭐, 한 번쯤은 파계승으로 지내보는 것도 나쁘지는 않잖아. 소소 조사님처럼."

농담처럼 던진 말이었지만 구양봉은 공각의 각오를 조금은 느낄 수 있었다. 그는 공각이 파계를 각오하면서까지 풍월을 두둔할 생각을 하고 있다는 것에 나름 감격했다.

"좋아, 그럼 가볼까?"

서로 마주 보며 웃음 지은 구양봉과 공각은 사라질 때처럼 요란스럽게 등장했다.

"어우! 시원타!"

바지춤을 추켜올리며 걸어오는 구양봉을 보며 다들 못마땅한 표정을 지었다.

구양봉은 많은 이들의 시선을 한 몸에 받으며 풍월에게 다가갔다. 풍월을 에워싸고 있던 자들이 구양봉을 막으려 하다 무슨 생각인지 뒤로 물러났다.

"어때? 동생 버리고 가니까 시원은 하고?"

풍월이 짐짓 화를 내며 물었다. 양쪽 입꼬리가 살짝 올라간 것이 진짜로 화를 내는 건 아니었다.

"아까 참아야 되냐고 물었지?"

풍월이 묵묵히 구양봉을 바라보았다.

"참지 마라. 박살 내버려. 어디서 삼족을 멸한다는 헛소리를 하는 거야."

구양봉이 때마침 부축을 받고 나오는 조삼을 노려보았다. 설마하니 구양봉이 노골적으로 풍월을 지지할 줄 몰랐던 자들이 당황한 빛을 보일 때 구양봉이 말을 이었다.

"이건 의형의 입장에서 말한 것이고. 후개의 입장에서 말하자면……."

구양봉이 독수신개를 힐끗 바라보며 말끝을 흐릴 때 우려스러운 표정으로 지켜보던 독수신개가 모두에게 선언하듯 말했다.

"현 상황에서 후개는 이미 개방의 방주나 다름없소. 후개의 입장이 개방의 입장이라고 봐도 무방하오."

폭탄선언이다. 모두가 황망한 얼굴로 독수신개를 바라보았다.

구양봉이야 풍월과 형제의 연을 맺은 친분 때문에라도 그런 말을 할 수는 있지만, 의와 협을 대표하는 개방의 최고 어른이 이렇듯 전격적으로 풍월을 지지할 줄은 아무도 상상하지 못했다. 심지어 어느 정도는 충돌을 감안하며 내질렀던 구양봉마저 놀란 표정이다.

"개방이 어찌 저런 무림공적의 편을 드는 것이오!"

"재고해 주시오, 독수신개!"

곳곳에서 개방을 힐난하고 독수신개의 판단을 비판하는 외침이 터져 나왔지만 꼿꼿이 등을 세운 독수신개는 콧방귀도 뀌지 않았다.

그저 형제의 연을 맺었다는 이유 하나만으로 방주의 복수를 해주었고, 개방의 미래라 할 수 있는 후개의 목숨을 구했다. 적도들에게 유린당하고 있던 총단을 수복할 수 있었던 것도 그의 도움 덕분이고, 그 외에도 수많은 제자들이 구명지은을 입었다. 풍월이 흡성대법을 익혔다는 것이 외부로 드러난 것도 후개를 구하는 과정에서 벌어진 일이다.

그것이 바로 흡성대법이란 악명이 결코 가볍지 않고 오늘의 선택에 대한 비난이 많을 것임을 알면서도 풍월을 지지하지 않을 수 없는 이유이기도 했다.

"하지만 우리가 할 수 있는 일은 그저 중립을 지키는 것뿐. 미안하네."

독수신개가 풍월에게 고개를 숙였다.

"괘념치 마십시오."

독수신개가 얼마나 큰 결심을 한 것인지 알기에 풍월이 미소 지으며 말했다.

그때, 공각이 앞으로 나섰다.

"소승이 한 말씀 드려도 되겠습니까?"

혜인이 미간을 찌푸리며 말리려 했으나 공각의 말이 더 빨랐다.

"무뢰배가 칼을 들으면 사람을 해치는 흉기가 되지만 숙수가 칼을 들으면 맛있는 요리를 만드는 도구가 된다고 했습니다. 칼을 제대로 사용하지 못하는 자를 탓해야지, 어째서 칼을 지녔다는 것 자체를 문제 삼으려 하는 것인지 모르겠습니다. 그 칼로 인해 수백, 수천의 목숨이 구함 받고 세상이 평온해질 수도 있는 일입니다."

"궤변일세. 흡성대법을 그렇게 단순화시킬 수 없네. 전례가 말을 해주지 않나. 단 한 명도 흡성대법이 지닌 치명적인 유혹을 이겨내지 못했네. 열이면 열, 백이면 백 다른 이들의 내력을 끝없이 탐했고 수많은 이들이 그들 손에 참혹하게 목숨을 잃었지. 지금은 군자의 탈을 쓰고 있지만, 저자 또한 반드시 그리될 걸세."

조삼이 풍월을 손짓하며 악다구니를 썼다.

"아미타불! 뭘 몰라도 한참을 모르시는군요. 칼의 주인은 그 칼을 제대로 휘두르지도 않았습니다. 애당초 휘두를 필요가 없을 정도의 능력자이기 때문입니다."

고개를 흔든 공각이 혜인과 소림의 수뇌들을 향해 고개를 돌렸다.

"오늘날 소림이 무사할 수 있었던 것은 수많은 무림 동도들이 피를 흘려주었기에 가능한 것이지만 그 이면에 풍 시주의 헌신적인 노력 또한 무시하지 못할 것입니다. 그가 얼마나 많은 북해빙궁의 고수들을 쓰러뜨렸는지 상기해 주십시오. 모두를 공포에 떨게 만들었던 빙후마저 그의 손에 쓰러졌습니다. 만약 그들 모두가 건재했다면, 소림을 치기 위해 전력을 다했다면 어땠을지 생각해 주십시오. 북해무림을 치는 과정에서 제자 또한 음한지기에 목숨을 잃을 뻔했습니다. 그때 풍 시주가 흡성대법을 이용해 음한지기를 제거해 주었기에 목숨을 구할 수 있었습니다."

"아미타불!"

소림의 수호신승이나 다름없는 공각이 음한지기에 목숨을 잃을 뻔했다는 소리에 혜인과 소림사의 수뇌들이 일제히 불호를 되뇌었다.

구양봉과 풍월은 뭔 헛소리를 하느냐는 표정으로 공각을 바라보았다. 그런 일이 없었기 때문이다.

"앞으로 이와 비슷한 일이 얼마든지 있을 수 있습니다. 다들 아시다시피 북해빙궁의 음한지기는 실로 무섭습니다. 대환단 정도의 영약을 사용하거나 장로급 이상 고수들이 희생해야 겨우 목숨을 구명할 수 있습니다. 하지만 풍 시주라면 다르지요. 흡성대법은 사람을 해치는 칼이 아니라 살리는 칼이 될 수도 있다는 말입니다."

공각의 말은 소림사의 수뇌들뿐만 아니라 조삼의 말에 혹해 있던 자들의 마음 또한 흔들었다. 그럼에도 불구하고 명분이란 것이 그들의 심장을 꽉 움켜쥐고 있었다.

답답함을 참지 못한 공각이 재차 입을 열려고 할 때 풍월이 착 가라앉은 음성으로 말했다.

"거기까지 해요. 충분합니다. 고마워요, 땡중 형님."

풍월이 공각을 향해 살짝 고개를 숙였다.

"어, 어쩌려고?"

공각이 떨리는 목소리로 물었다.

"저리 원하니 한번 되어보죠."

피식 웃은 풍월이 의기양양한 표정을 짓고 있는 조삼을 향해 몸을 돌렸다.

"무림공적이라는 거."

말이 끝남과 동시에 한 발을 내디뎠다.

천마군림보다.

풍월에겐 가벼운 일 보였는지 몰라도 이를 지켜보는 이들은 그럴 수가 없었다.

쿠웅!

대웅전이 흔들릴 정도로 묵직한 진동이 사방으로 퍼져 나갔다.

다시 한 걸음.

쿠웅!

지축이 흔들리는 것 같았다.

풍월의 전신에서 뿜어내는 기운이 사위를 압도했다.

조삼을 보호하기 위해 앞을 가로막고 있던 자들, 명색이 강북무림을 대표하는 자들이었으나 풍월의 살벌한 기세에 옴짝달싹 못했다.

마침내 삼 보.

쿠웅!

풍월의 전신에서 폭발할 듯 뻗어 나간 힘이 그를 적대시하는 모든 이들에게 죽음의 공포를 선사했다.

"컥!"

"크악!"

몇몇 내력이 약한 자들은 풍월의 기세를 감당하지 못하고 피를 토했다. 대다수의 사람들 역시 죽을힘을 다해 대항을 하고 있었지만 지금껏 겪어보지 못한 무지막지한 내력에 버거워하는 모습이 역력했다.

"마, 막아야……."

용화문이 자신의 곁을 스쳐 가는 풍월을 보곤 서둘러 검을 휘둘렀으나 열혈검객이란 별호가 무색할 정도로 힘없는 공격이었다.

그마저도 통하지 않았다.

풍월의 전신을 에워싸고 있는 무적의 호신강기, 천마탄강에 용화문의 검은 접근도 하지 못한 채 힘없이 튕겨져 나왔다.

"크아악!"

강력한 반탄강기에 검이 산산조각이 났다.

내상을 당했는지 검붉은 피가 연신 쏟아져 나왔다.

"이놈!"

사방을 휩쓰는 풍월의 기세를 감당하느라 이를 악물고 있던 거력도 임무가 혼신의 힘을 다해 칼을 휘둘렀다.

풍월은 이번에도 아무런 반응을 하지 않았다. 그저 조삼을 향해 걸음을 내디딜 뿐이다.

"크윽!"

임무의 입에서도 용화문의 것과 비슷한 신음이 흘러나왔다.

부러진 칼과 갈가리 찢어진 손아귀, 임무는 자신의 곁을 스쳐 지나가는 풍월을 믿을 수 없다는 표정으로 바라보았다.

그런 반응은 비단 임무뿐만이 아니었다.

풍월의 기세를 직접 감당하는 이들은 물론이고 한 발 떨어져서 상황을 지켜보는 모든 이들 역시 놀라움과 경악, 두려움 가득한 눈으로 풍월을 바라보았다.

당연했다. 그들 중 풍월의 무위를 직접 본 사람은 거의 없었다.

소문으로 듣는 것과 눈으로 직접 보는 것은 그야말로 하늘과 땅 차이다.

오직 두 사람만 태연했다.

"아미타불! 늘 생각하는 것인데 풍 아우와 같은 편이라는 게 얼마나 다행인지 모른다."

"그래도 평소보다 살살 하는데. 우리와 비무할 때의 수준도 되지 않잖아."

"뭐, 장소가 소림이니까. 내 체면을 살려주는 거지."

공각이 혜인 등이 들으라는 듯 큰소리로 말했다.

"솔직히 말하자면 이쪽에서도 제대로 된 고수들이 움직이지 않아서 그런 것이기도 해. 하지만 그렇게 되면 정말 피바람이 불겠지."

제대로 된 고수, 정확히 말하자면 소림사나 악가, 팽가를 대표하는 고수들을 말함이다. 그들의 공격이라면 풍월도 전력을 다하지 않을 수 없을 것이고, 지금과는 비교도 되지 않을 정도로 처절한 싸움이 될 터였다.

공각이 고개를 저었다.

"피바람만 불까. 북해빙궁을 공략하는 것도 물 건너간 거지. 최소한 이곳에 모인 사람들 절반 이상은 날아갈 테니까."

"하지만 저렇게 무리하는 사람이 꼭 있지. 빌어먹을!"

구양봉은 적당히 끝날 싸움에 기름을 부으러 나타난 고수, 당인을 보며 분통을 터뜨렸다.

*   *   *

낙약성 인근에 위치한 홍왕객점.

숭산에 있어야 할 초연, 아니, 화연이 객점 일층의 주점에 도착하자 점소이로 보이는 소년이 그녀를 객점 뒤편의 별실로 안내했다.

주변에서 희미한 기운이 느껴졌지만 화연은 별다른 내색을 하지 않고 별실의 문을 열고 들어갔다.

소박하게 꾸며진 별실, 중앙 탁자에 앉아 차를 우리고 있던 노인이 화연을 발견하곤 자리에서 일어나 허리를 숙였다.

"어서 오십시오, 초 소저."

"오랜만에 뵙네요, 권 노사님."

마주 예를 표한 화연이 스스럼없이 맞은편 의자에 앉았다.

"때마침 잘 우려졌습니다. 고관대작들이 즐기는 차는 아니나 꽤나 향이 좋습니다."

권 노사라 불린 노인이 화연의 찻잔에 차를 따랐다.

찻잔을 든 화연이 천천히 차를 마셨다. 황갈색을 띠는 차는 쓴맛이 다소 강하긴 했지만 권 노사 말대로 코와 입을 통해 전해지는 향이 상당히 좋았다.

"좋군요."

"그렇지요? 쓴맛이 강하다 하여 꺼리는 자들도 있으나 이 늙은이는 그 쓴맛이 참으로 마음에 듭니다. 그 쓴맛으로 인해 뒤에 따라오는 향도 더욱 진하게 느껴지는 것 같고."

권 노사는 지그시 눈을 감고 다향에 취했다. 하지만 화연이 찻잔을 내려놓는 소리에 퍼뜩 정신을 차리고 민망한 웃음을 흘렸다.

"허허! 내 정신 좀 보게나. 지금 이럴 때가 아닌 걸 알면서도. 내일 출정하는 것인지요?"

"예, 큰 변수가 없는 한 그렇게 될 것 같습니다. 한데 무슨 일인지요? 이렇듯 급히 절 찾으신 적이 없어 꽤나 놀랐습니다."

"어쩔 수 없었습니다. 출정이 임박했음을 알면서도 굳이 소저를 청한 것은 바로 이 물건 때문입니다."

권 노사가 목함을 탁자에 올려놓았다.

"문주께서 화 소저께 보내신 겁니다."

말과 함께 목함을 열었다.

목함에는 어떤 책에서 뜯은 것처럼 느껴지는 종이 몇 장이 들어 있었다. 당시 상황이 급박했는지 찢겨진 종이의 면이 거친 데다가 규격도 일정하지 않았다.

"무엇인지요?"

권 노사의 신중한 태도에 화연의 음성이 절로 심각해졌다.

"문주께선 개천회에서 키우고 있는 간자들의 명부라고 판단하셨습니다."

순간, 화연의 눈동자가 화등잔만 해졌다.

"개, 개천회 간자들의 명부!"

"워낙 중요한 물건이라 함부로 움직이지 못하고 소저를 이곳으로 청했습니다. 물론 확실하지는 않습니다. 앞뒤 내용 없이 그저 몇몇 사람들의 사문과 이름만 적혀 있으니까요."

"대체 이것을 어디에서 입수하신 거지요?"

"개천회의 인물이 아닐까 오래전부터 의심하고 감시했던 자에게서 탈취한 것이라 합니다."

"역시 하오문의 힘은 대단하군요."

"역대 검황님들을 도와 놈들과 맞선 세월이 있습니다. 개천회에 대한 정보는 그 어떤 곳보다 많다고 자부할 수 있지요."

화연이 고개를 끄덕이며 명단을 확인했다.

명단에서 확인할 수 있는 이름은 정확히 일곱이었다. 다섯 사람은 그녀가 알지 못하는 사람이었지만, 두 사람은 익히 아는 이름이었다.

"쥐새끼 같은 놈들!"

화연의 입에서 욕설이 튀어나왔다. 자신도 모르게 명단을 구겨 버렸다.

청의문 조삼.

구겨진 종이 맨 위로 삐죽 솟아 있는 이름이었다.

*   *   *

사천당가는 무섭다. 한 줌만 들이켜도 목숨을 걱정해야 하는 수많은 절독과 함께 막강한 독공을 보유했고, 그에 못지않은 암기술로 천하에 명성을 떨쳤다.

하지만 지금, 그토록 무섭다는 독공과 암기술이 완전히 무력화되고 있었다. 그것도 사천당가의 장로라는 지위에 있는 고수가 자신의 목숨과 세가의 자존심을 걸고 필사적으로 펼치고 있음에도.

"아!"

당인의 입에서 탄식이 터져 나왔다.

회심의 일격으로 날린, 전신 내력을 완전히 쥐어짜 펼친 만천화우(滿天花雨)가 너무도 쉽게 막히는 것을 본 것이다.

만천화우는 당가 암기술의 최고봉이다.

최소한 장로급 이상 되어야 그나마 펼칠 수 있는 궁극의 암기술.

최고의 암기술이라는 말처럼 사천당가의 가주급이나 되어야지 익힐 수 있는 무공으로 취급받는다.

한데 그런 만천화우가 허무하게 깨졌다.

대다수의 암기는 지금껏 겪어보지 못한 가공할 호신강기를 뚫지 못하고 튕겨져 나왔으며, 운 좋게 호신강기를 뚫어낸 암기 또한 풍월이 휘두르는 칼에 의해 먼지처럼 사라졌다.

파스스슷!

만천화우를 깨뜨리고도 그 힘이 남았던 도기가 당인을 향해 날아들었다.

바닥에 나뒹굴고 있던 당온이 당인을 구하기 위해 다급히 달려들었지만 이미 늦었다.

외마디 비명과 함께 당인의 신형이 끊어진 연처럼 뒤로 날아갔다.

잔뜩 굳은 표정으로 싸움을 지켜보던 팽만후가 재빨리 손을 써 당인을 구했다. 피투성이가 된 당인은 정신을 잃고 있었다. 외양은 형편없이 망가졌지만 다행히 목숨에는 큰 지장이 없었다.

'마지막에 힘을 거뒀다.'

팽만후는 당인을 향해 짓쳐들던 도기가 결정적인 순간 급격히 약해지는 것을 확인했다. 만약 그대로였다면 목숨을 유지하지 못했을 것이다.

당인마저 간단히 쓰러뜨린 풍월의 행보는 거침이 없었다.

사방에서 그를 막기 위해 달려들었지만 작심하고 손을 쓰는 풍월을 막기는 상당히 버거워 보였다.

풍월을 제지하기 위해선 최소한 소림이나 팽가, 악가의 원로 고수들이 나서야 했지만 그들은 쉽게 움직이지 못했다.

풍월의 무공은 그들이 상상한 것 이상으로 강했다.

당인과 같은 고수가 당가 최후의 비전이라는 만천화우까지 쓰고도 처참하게 박살이 나고, 악진산이 제지를 하기도 전에 호승심을 이기지 못하고 풍월과 대적했던 악가의 장로마저 고작 십초를 버티지 못하고 고꾸라지면서 일대일의 대결은 감히 꿈도 꾸지 못했다.

합공을 하나 체면이 말이 아니었다. 물론 무림공적이라는 명분을 앞세운다면 그럴 수도 있겠지만 아직 명확한 결과가 나온 것도 아니다. 게다가 설사 합공을 한다고 해도 쓰러뜨릴 수 있을지 장담하기가 힘들었다.

상황도 좋지 않았다.

당장 내일 북해빙궁을 치기 위해 움직인다. 최상의 전력을 꾸려 공격을 해도 성공할 수 있을지 장담키 힘든 상황에서 풍월과의 충돌은 전력에 엄청난 누수를 가져올 터였다.

꽝!

거대한 충돌음과 함께 풍월과 충돌했던 이들이 짚단처럼 쓰러졌다.

누군가의 입에서 두려움과 경외심이 뒤섞인 탄성이 터져 나왔다.

단 일격에 열두 명의 고수들이 피를 토하며 쓰러졌고 오직 세 명만이 겨우 중심을 잡고 버텼는데 그들의 몰골 또한 형편없었다.

묵뢰를 어깨에 걸친 풍월이 조삼을 향해 걸음을 옮겼다.

더 이상의 방해는 없었다. 조삼이 무림공적 운운하며 악을 써댔지만 자칫하면 공멸할 수 있다는 위기감에 아무도 나서는 이가 없었다. 나설 사람들은 이미 모두 나섰고 하나같이 바닥을 나뒹굴고 있었다.

"네, 네놈이……."

조삼이 뭐라 말을 꺼내기도 전, 풍월의 묵뢰가 그의 정수리로 내리꽂혔다.

"히끅!"

자라처럼 목을 움츠린 조삼의 입에서 괴이한 신음이 흘러 나왔다.

"무림공적이라고 했던가?"

풍월이 묵뢰를 조삼의 정수리에 살짝 올려놓은 채 물었다.

"나, 나는……."

지금까지 수많은 군웅들 앞에서 그토록 당당하게 자신의 의견을 피력했던 조삼이 말을 더듬었다.

창백하게 질린 얼굴하며 공포에 젖은 눈동자가 좌우로 미친 듯이 흔들리고 전신 또한 사시나무 떨리듯 떨렸다.

눈빛 하나로 상대의 기세를 완전히 제압하는 마안공이다.

어지간한 심력이 아니고선 감당키 힘든 마안공 앞에서 조삼은 완전히 무력화되었다.

"삼족을 멸한다고 했던가?"

풍월이 다시 물었다.

완전히 공포에 물들은 조삼은 아무런 대꾸도 하지 못했다.

털썩 주저앉는 그의 바지춤에서 오물이 흘러내렸다. 그런 조삼을 보는 모든 이들의 안색이 일그러졌다.

단순히 조삼 때문이 아니라 그의 모습에서 무너져 내리는 자신들의 자존심을 본 것이다.

"이제 그만하자."

곁으로 다가온 구양봉이 풍월의 어깨를 잡으며 말했다.

"저질러 버렸네."

고개를 돌린 풍월이 씁쓸한 얼굴로 말했다.

"잘했어. 나라도 그랬을 거다."

구양봉이 풍월을 달랬다. 별다른 대답을 하지 않은 풍월이 공각을 향해 고개를 돌렸다.

"땡중 형님이 숨겨놓았다는 곡차를 마시고 싶었는데 상황이 좀 그렇네요."

"뭔 상관이야. 달마동으로 가자……."

해맑은 얼굴로 손짓을 하던 공각은 혜인 등의 엄한 눈길을 받고서야 슬며시 손을 내렸다.

"좀 그런가?"

"다음에 마시죠. 그럴 기회가 될지 모르겠지만. 기다리는 사람들도 있고."

"아! 그렇지. 쓸데없이 시간만 버렸네. 아무튼 고이 모셔놓고 기다릴 테니까 빨리 오라고."

"노력해 보지요."

"개봉에 들렸다가 바로 이동하는 건가?"

"그래야겠지요."

"정말 궁금하단 말이지. 패천마궁의 궁주가 어째서 아우를 그리 간절히 찾는지 말이야."

공각이 모두가 들으라는 듯 큰 소리로 말했다.

패천마궁이란 이름에 모두의 안색이 확 변했다.

"패천마궁의 궁주라면 마존을 말함이냐?"

혜인이 떨리는 음성으로 물었다.

"예."

"아미타불!"

혜인이 눈을 감고 불호를 되뇌었다.

"역시 살아 있었군."

"그가 다시 움직이는 모양입니다."

"자신을 배반한 놈들에게 복수를 하려는 것일까요?"

반역도들에게 쫓겨난 이후, 생사가 불명했던 마존의 건재를 확인한 이들의 입에서 저마다의 의견이 흘러나왔다. 지금은 그를 배신한 마련에 밀려났지만 마존이란 이름이 주는 무게감은 결코 퇴색하지 않았다.

"마, 마존이 자네를 불렀다는 것이 사실인가?"

천검노자 고휘가 풍월에게 물었다.

"예."

"무슨 이유인지 물어도 되겠나?"

"글쎄요. 최소한 이런 식으로 핍박하려고 부른 것은 아니겠지요."

날이 잔뜩 선 대답에 고휘는 당황한 기색이 역력했다.

"그, 그게 무슨……."

"아직 이유는 모릅니다. 하지만 안다고 해도 굳이 밝힐 필요는 없다고 봅니다만."

풍월이 귀찮다는 듯 말했다.

"설마 패천마궁에 투신하겠다는 말인가!"

누군가의 외침이 들려왔다.

고개를 돌린 풍월이 목소리의 주인을 정확히 찾아냈다.

"내가 패천마궁에 투신을 하든 뭐를 하건 당신들이 상관할 바는 아니오. 최소한 무림공적 운운하고자 부른 것은 아닐 테니까."

"전령으로 온 친구의 기색을 보니까 마존의 건강이 별로 좋지 않은 눈치던데, 네게 패천마궁을 넘기려는 거 아냐?"

공각이 조금은 과장된 얼굴로 물었다.

풍월과 구양봉이 무슨 헛소리를 하느냐는 얼굴로 바라볼 때 강북무림 수장들의 얼굴은 말 그대로 흙빛으로 변해 버렸다.

풍월을 키워낸 철산마도의 출신이 패천궁에 속한 철산도문이다. 풍월 또한 화평연의 비무대회에서 패천마궁의 대표로 나선 적이 있을 정도로 그들과 친분이 깊다. 게다가 풍월은 패천마궁의 뿌리라 할 수 있는 천마의 무공을 이었다. 어찌 보면 가장 강력한 전통성을 지닌 사람이 바로 풍월인 것이다.

삼 년 가까이 모습을 드러내지 않았던 마존이 갑자기 풍월을 불렀다는 말이 새삼 무겁게 다가왔다.

패천마궁을 넘길 수도 있다는 공각의 짐작이 결코 허황된 것이 아님을 느낀 것이다.

'마, 만약 그리되면……'

풍월이 패천마궁의 궁주가 되는 모습을 떠올린 고휘가 자신도 모르게 몸을 휘청거렸다.

더 이상 뭐라 할 수 없을 정도로 최악의 상황이다.

중원무림의 영웅으로 떠오른 풍월이 패천마궁의 궁주라니! 그것도 자신들이 핍박해서 그런 선택을 하게 되었다는 소식이 전해진다면 그 여파를 어찌 수습해야 할지 가늠조차 되지 않았다.

막아야 했다. 어떻게든 패천마궁의 궁주가 되는 것은 막아야 했다.

고휘의 감정이 고스란히 겉으로 드러났다. 비단 고휘뿐만이 아니었다.

분위기가 변하는 것을 본 풍월이 차갑게 말했다.

"왜요? 패천마궁으로 가는 것도 막으시게요?"

"……."

"한번 해보세요. 이번엔 참지 않습니다."

풍월의 전신에서 뿜어져 나온 기세가 주변을 휩쓸었다. 조금 전과는 비교도 되지 않을 정도의 살기에 모두가 흠칫 놀라는 표정을 지었다.

당인을 박살 내고 악가의 장로까지 순식간에 물리치는 등 압도적인 무위를 보여주었으나 그마저도 풍월이 최선을 다한 것이 아님을 비로소 느낀 것이다.

"이번엔 안 됩니다."

구양봉이 정색을 하며 말했다. 이미 개방의 방주로 인정받는 구양봉이다. 그의 발언은 곧 개방의 의지였다.

"소승도 이번엔 못 참습니다."

어느새 곁으로 다가온 공각이 풍월의 곁에 서며 말했다.

"공각, 네 이놈!"

천왕각주 혜산이 호통을 쳤지만 공각은 대꾸도 하지 않았다.

혜산이 다시금 호통을 치려 했지만 혜인이 이를 말렸다.

개방의 차기 방주와 소림사의 기대를 한 몸에 받고 있는 혈나한 공각이 풍월의 곁에 섰다. 그럼에도 개방과 소림은 아무런 제지도 하지 않았다는 것은 큰 의미였다.

'이를 어쩐단 말인가!'

뭔가를 해볼 상황이 아니다.

중립을 지키던 소림과 개방이 사실상 돌아선 순간, 상황은 이미 끝이 난 것이나 다름없었다.

고휘는 아무런 말도 하지 못하고 고개를 떨구고 말았다.

그 순간, 모두가 느낄 수 있었다.

오늘 자신들이 벌인 일이 얼마나 큰 실책이요, 패착인지
를.

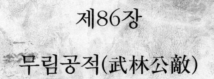

제86장

무림공적(武林公敵)

  하오문의 권 노사로부터 간자의 명부를 받아 든 화연은 숭산을 향해 전력으로 내달렸다.

  개천회와 북해빙궁이 손을 잡았다는 것은 이미 만천하에 드러난 상황에서 개천회의 간자가 강북무림에, 그것도 꽤나 주요한 인사로 숨어 있다는 것은 실로 중대한 문제였다.

  밤새워 달린 덕에 이른 아침, 숭산에 도착할 수 있었다.

  "쓰레기들! 절대 그냥 두지 않는다."

  화연이 숭산 중턱, 안개에 쌓인 소림사를 보며 이를 부득 갈았다. 그동안 북해빙궁과 벌였던 크고 작은 전투에 간자들이 활약했을 것을 생각하니 피가 거꾸로 솟는 듯한 느낌이다.

이마에 송골송골 맺힌 땀을 닦으며 힘차게 지면을 박찬 화연은 정확히 일각 뒤, 소림사 산문에 도착했다.

산문을 지키는 무승들의 인사를 받으며 바삐 걸음을 옮기는 화연의 미간이 잔뜩 찌푸려졌다.

뭔가 이상했다. 낙양으로 떠나기 전만 해도 조금은 들떠 있던 분위기가 하루 만에 착 가라앉아 있었다. 산문을 지키는 무승도 어딘지 기운이 없어 보였다. 더구나 출정의 날임에도 어찌 된 일인지 전혀 그런 움직임을 느낄 수가 없었다.

고개를 갸웃거리며 산사를 가로지른 화연은 곧바로 대웅전으로 향했다. 산문을 지키고 있던 나한을 통해 대웅전에서 수뇌들의 회의가 있다는 말을 들었기 때문이다.

대웅전 앞을 지키는 무승과 인사를 나누며 막 문고리를 잡은 화연의 귓가로 카랑카랑한 음성이 파고들었다.

"이해할 수가 없습니다. 어째서 망설이시는 겁니까? 놈을 당장 무림공적으로 선언하고 전 무림에 이 사실을 공표해야 합니다. 설마 그자의 무위에 굴복하신 겁니까?"

조삼이 대웅전에 모인 수뇌들을 둘러보며 물었다.

"굴복이라니! 그게 무슨 망발인가! 말을 삼가하게."

고휘가 성난 얼굴로 소리쳤다.

"망발이라니요! 그자가 한 짓을 생각해 보십시오. 금기된 무공을 익힌 것을 부끄러워하기는커녕 대체 뭐가 잘못이냐는 듯한 억지를 보이며 오히려 오만한 자세로 여기 계신 모든 분들을 무시했습니다. 심지어 자신의 잘못을 추궁한다는 이유를 들어 무력을 썼습니다. 그 결과 각 문파와 세력을 이끌어야 할 수뇌들 수십 명이 다쳤고, 특히 놈을 막기 위해 당당히 맞섰던 당인 선배와 악가의 장로께선 엄중한 부상을 당하셨습니다."

"말은 바로 해야지. 추궁이 아니라 협박을 해댔지. 삼족 운운하면서."

독수신개가 혀를 차며 말했다.

"개방은 입이 백 개라도 할 말이 없는 것을 압니다만."

조삼의 날 선 비난에 독수신개가 한심하단 얼굴로 말했다.

"후개가 개봉으로 떠나며 이런 말을 하더군. 풍월이 제대로 살심을 품었다면 피바람이 불었을 것이며 그 누구도 막지 못했을 것이라고. 그저 오물 냄새 조금 풍긴 것을 천만다행으로 여겨야 한다고 말이지."

오물이란 말에 조삼의 얼굴이 딱딱하게 굳었다. 아무도 웃지 않음에도 모두가 자신을 비웃는 것처럼 느껴졌다.

"무림공적을 두둔한 개방은 사람들의 비난을 면키 힘들 것이고 반드시 책임을 져야 할 것입니다."

"글쎄, 과연 누가 비난을 받을는지 모르겠군. 애당초 일을 크게 만든 것은 자네야."

"일을 크게 만든 것이 아니라 진실을 밝혔을 뿐입니다. 그가 무수한 공을 세운 것은 사실이나 흡성대법을 익힌 것 또한 사실 아닙니까? 단순히 공을 세웠다고 그런 사실을 숨겨서야 어찌 얼굴을 들고 다닐 수 있단 말입니까? 벌써부터 많은 군웅들은 놈이 흡성대법을 익히고 있음을 숨기려 한 정무련의 처사에 비난을 쏟아내고 있습니다."

군웅들이 비난한다는 말에 고휘를 비롯한 정무련 수뇌들의 동요가 일었지만 귀를 후비던 독수신개는 손가락 끝에 걸려나온 귀지를 조삼에게 튕기며 코웃음을 쳤다.

"비난? 들어본 적이 없는데. 내 귓구멍이 막힌 건 아닌데 대체 어떤 놈들이 비난을 한다는 거지?"

"하면 내가 거짓말을 한다는 겁니까?"

조삼이 목청을 높이며 얼굴을 붉혔다.

바로 그때, 대웅전의 문이 거칠게 열리며 화연이 걸어들어왔다.

"다들 여기 계셨군요. 한데 오늘이 출정하는 날이 아니었는지요?"

화연이 주변을 둘러보며 물었다. 이때다 싶었던 조삼이 억지로 눈물을 짜내며 말했다.

"아! 대체 어디를 다녀오신 겁니까? 화 소저만 계셨어도 그놈이 그토록 미쳐 날뛰지는 못했을 텐데요."

"그놈이라니요?"

화연이 물었다.

그녀의 시선이, 음성이 더없이 차갑고 싸늘함에도 조삼은 이를 눈치채지 못했다.

"풍월 말입니다. 무림공적입니다. 그놈이 흡성대법을 익혀서… 컥!"

신나게 떠들던 조삼이 갑자기 외마디 비명을 질렀다.

"무림공적? 하면 당신은 뭐죠?"

눈 깜짝할 사이에 조삼의 목줄을 틀어쥔 화연이 섬뜩한 눈빛으로 물었다.

목줄이 잡힌 조삼은 켁켁거리며 발버둥을 쳤고 갑작스러운 상황에 당황한 수뇌들은 놀란 눈으로 화연을 바라보았다.

"이게 무슨 짓입니까, 화 소저?"

거력도 임무가 버럭 소리를 질렀다.

평소라면 감히 할 수 없는 행동이었지만 풍월에게 당한 이후, 그를 두둔하는 자들에겐 참을 수 없는 분노를 느끼는 그였다.

힐끗 임무를 바라본 화연이 간자의 명부에 그의 이름이 없음을 기억하곤 이내 시선을 돌렸다.

"당신의 정체를 물었어요."

화연이 다시금 물었지만 그저 발버둥만 칠 뿐, 조삼은 아무런 대꾸도 하지 못했다.

화연이 그를 바닥에 팽개쳤다. 겨우 숨을 쉬게 된 조삼이 거칠게 숨을 몰아쉬면서 화연의 눈치를 살폈다.

"화, 화 소저도 그놈을 비호하는 것이오?"

대답할 가치를 느끼지 못한 화연이 품에서 종잇장을 꺼내 들었다. 권 노사에게서 받은 개천회 간자 명부의 일부다.

"이게 뭔지 알아요?"

"……."

알 리가 없다. 조삼이 멍한 눈으로 바라보자 주변으로 시선을 돌린 화연이 누군가의 이름을 불렀다.

"용화문!"

화연의 외침에 풍월에게 당해 팔이 부러진 용화문이 인상을 쓰며 앞으로 나섰다.

"화 소저의 실력과 명성을 모르는 바는 아니나 너무 함부로 행동하는 것 같소만."

용화문의 말에 화연이 손에 들고 있던 종잇장을 그에게 던졌다.

용화문이 나풀거리며 허공을 유영하다 바닥에 떨어진 종잇장을 불쾌한 표정으로 집어 들었다.

종잇장에는 몇 사람의 이름이 적혀 있었는데 맨 위에 익숙한 이름이 있었다.

'조삼? 그리고 어째서 내 이름이 여기에…….'

조삼과 자신의 이름을 발견한 용화문이 이해를 하지 못하겠다는 표정을 지으며 종잇장을 조삼에게 건넸다.

조삼 역시 용화문의 반응과 다르지 않았다. 다만 조금은 더 침착하게 뭔가를 생각하는 것 같았다.

그들의 반응을 차분히 살피고 있던 화연이 어이없다는 듯 웃었다.

"서로를 모르는 모양이야. 정말 치밀한 놈들이라니까."

"무슨 말을 하고 싶은 거요?"

"이해를 할 수……."

용화문에 이어 신경질적으로 반발하려던 조삼이 갑자기 입을 다물었다. 눈동자가 불안하게 흔들리는 것이 종잇장에 적힌 이름의 의미를 눈치챈 것 같았다.

화연의 입가에 차가운 미소가 걸렸다.

"개천회의 개로 사는 건 어떤 느낌이지?"

"뭔 헛소리야!"

용화문이 버럭 소리를 질렀다.

"그거 개천회 간자의 명부다."

"뭐?"

용화문이 흠칫 놀란 얼굴로 되물었다.

"개천회 간자의 명부라고."

화연의 말이 끝나기가 무섭게 조삼이 몸을 날렸다. 하지만 그런 조삼의 반응을 예측한 것인지 어느새 따라붙은 화연이 그대로 발을 들어 어깨를 찍어 눌렀다.

조삼이 외마디 비명과 함께 한쪽 무릎을 꿇자 맞은편 정강이를 박살 내버렸다.

화연이 힘없이 꼬꾸라지는 조삼의 뒤통수를 지그시 밟으며 용화문을 향해 몸을 돌렸다.

"대답해 봐요. 개천회의 개로, 간자로 사는 건 어땠는지."

용화문은 아무런 말도 하지 못했다.

화연의 살기 어린 눈빛에서 변명을 한다고 해도 통하지 않을 것임을 느낄 수 있었다.

'간자들의 명부라고? 제길! 한데 어째서 우리만······.'

현재 소림사에서 암약하고 있는 간자들의 수는 정확히 넷이다. 그런데 조삼과 자신의 이름은 있지만 두 사람의 이름은 없었다. 처음부터 그들의 이름까지 있었다면 화연이 자신들의 정체를 눈치챈 것을 바로 알 수 있을 것이고 뭔가 수단을 강구했을 터였다. 물론 먼저 눈치를 채고 움직인 조삼은 처참한 꼴로 쓰러졌지만.

화연이 아무런 대꾸도 하지 못하고 눈동자만 굴리고 있는 용화문을 향해 다가갔다.

"위험하다!"

"조심하시오!"

입을 쩍 벌린 채 상황을 주시하던 이들의 입에서 다급한 경고의 외침이 터져 나왔다.

잔뜩 주눅이 들어 어쩔 줄을 몰라 하던 용화문이 갑자기 태도를 바꿔 기습을 해왔기 때문이다.

슬쩍 몸을 틀어 용화문이 내지른 검을 피한 화연이 손을 뻗어 그의 팔을 낚아챘다.

우두둑!

뼈가 부러지는 소리와 함께 용화문의 입에서 처절한 비명이 터져 나왔다.

기괴하게 꺾인 팔을 여전히 잡은 채 용화문의 뒤로 돌아간 화연이 그의 발목마저 짓뭉개 버렸다.

비명은 흘러나오지 않았다. 그녀가 발목을 뭉개기 전, 아혈을 제압해 버렸기 때문이다.

화연은 고통에 몸부림치는 용화문을 마찬가지 신세인 조삼에게 던졌다. 내력을 실어 던졌기에 큰 충격을 감당하지 못한 그들은 간헐적으로 꿈틀대다가 이내 잠잠해졌다.

화연이 땅에 떨어진 종잇장을 들 때까지 아무도 입을 열지 못했다.

"저놈들이 개천회의 간자라니 사실인가?"

독수신개가 더없이 무거운 표정으로 물었다.

"예, 개천회의 간자가 맞아요. 개천회가 작성한 간자들의 명부에서 얻은 것입니다."

화연이 종잇장을 독수신개에게 건넸다.

"온전치는 않지만 틀림없이 간자들의 명부입니다. 믿을 만한 곳에서 얻은 정보니까요."

"저놈들의 반응만 봐도 알겠네."

독수신개가 한데 뒤엉켜 혼절해 있는 조삼과 용화문을 보며 이를 부득 갈았다.

"개천회에서 이만한 정보를 빼돌릴 정도라면 하오문?"

독수신개가 슬쩍 물었지만 화연은 대답하지 않았다.

독수신개가 그녀의 대답과는 상관없이 하오문이 관계되어 있을 것이라 짐작할 때, 화연이 주변을 둘러보며 물었다.

"한데 풍 공자가 무림공적이라니 그건 또 무슨 소리죠?"

순간, 질식할 것만 같은 침묵이 찾아들었다.

아무도 입을 열지 못했다.

그저 참담한 시선을 주고받으며 자신들을 농락하고 풍월과의 관계를 최악으로 만들어 버린 조삼과 용화문을 죽일 듯 노려볼 뿐이었다.

*   *   *

"크하하하하하!"

사마용의 웃음에 연화정의 지붕이 들썩거렸다. 한번 시작된 웃음은 한참이 지나도록 끊어지지 않았다.

"그리 좋은가?"

참다못한 위지허가 헛바람을 내뱉으며 물었다.

애써 웃음을 참은 사마용이 눈앞의 술잔을 단숨에 비우곤 말했다.

"좋다기보다는 통쾌해서 그러네. 그놈과 엮여서 단 한 번도 좋은 꼴을 보지 못하지 않았나. 이번에 제대로 한 방 먹인 셈이니 어찌 즐겁지 않겠나. 허허허!"

다시금 웃어젖힌 사마용이 거푸 술잔을 들이켰다.

고개를 절레절레 흔든 위지허가 조부의 좋아하는 모습을 보며 빙그레 웃음 짓고 있는 사마조에게 물었다.

"네가 확신을 하길래 믿고는 있었다만, 이렇듯 완벽하게 성공을 할 줄은 몰랐구나."

"명분이라면 목숨까지 내놓는 위인들 아닙니까. 지금까지 흡성대법을 익힌 자들에 대해선 단 한 번의 예외도 없이 무림 공적으로 지목하여 처단한 자들입니다. 풍월이란 자가 아무리 공이 많다고 하더라도 예외는 될 수 없었을 겁니다."

"멍청한 작자들. 천하의 보검을 손에 쥐고도 오물이 살짝 묻었다고 제대로 써먹지를 못하는구나."

위지허가 혀를 차며 풍월과 척을 진 정파인들을 비웃자 사마용이 껄껄 웃으며 덧붙였다.

"제대로 써먹지 못하는 정도가 아니라 아예 내다 버린 수준이지. 아무튼 조금은 아쉽구나. 놈이 제대로 칼춤을 췄으면 싶었는데 말이다."

"그랬으면 소림은 피에 젖었겠지."

"뿐만 아니라 지금과는 비교도 되지 않을 정도로 큰 혼란에 빠졌을 게야. 소림과 개방도 마냥 중립을 지키지는 못했을 테니까."

술잔을 들며 고개를 끄덕인 위지허가 사마조에게 고개를 돌렸다.

"하면 북해빙궁을 치려는 계획도 취소가 된 것이냐?"

"심각한 사상자가 나온 것은 아니나 그래도 십수 명이 훌쩍 넘는 수뇌들이 다쳤습니다. 사기도 말이 아닐 테니 당분간은 공격하기가 쉽지 않을 겁니다."

"북해빙궁이 이대로 물러나는 것은 아닌가 걱정했는데 잘 됐구나. 최소한 지원군이 올 때까지의 시간은 벌었어."

"예, 정파무림과 풍월과의 돈독한 관계도 깼고 지원군이 올 시간도 벌었으니 원하던 최상의 결과를 얻었습니다. 게다가 조삼의 존재감도 부각시켰으니 앞으로도 많은 도움이 될 것입니다."

"허허! 그 상황에서 목숨을 부지하다니 참으로 운이 좋은
놈이다."

위지허가 너털웃음을 짓자 사마용이 코웃음을 쳤다.

"놈이 운이 좋은 것이 아니라 그놈이 너무 물러 터진 것이
야. 한번 손을 쓸 때 제대로 써야 얕보이지 않는 법인데. 쯧
쯧, 이번에도 봐. 당연히 소림을 피로 씻었어야 하지만 참았잖
아. 그러니 그런 대접을 받는 것이지."

위지허와 사마조가 동의하듯 고개를 끄덕였다.

"참, 마존이 놈을 패천마궁으로 불렀다지? 무슨 이유라고
보느냐?"

위지허가 사마조를 향해 물었다.

"패천마궁 쪽의 정보가 없어 정확히 어떤 의도인지 파악하
긴 힘들지만 대충은 짐작할 수 있습니다."

"무엇이냐?"

"마존이 풍월을 후계자로 생각하는 것 같습니다."

"패천마궁을 넘겨준단 말이냐?"

술잔을 입에 대던 사마용이 멈칫하며 물었다.

"예, 물론 단순히 도움을 요청한 것일 수도 있습니다. 최근
들어 마련의 압박이 만만치 않으니까요. 솔직히 심하다 싶을
정도로 패천마궁에 매달리고 있습니다."

"흥! 멍청한 놈들 같으니. 마존이 부활하는 것 같으니 아주 똥줄이 탔구나. 그러길래 처음부터 제대로 처리했으면 얼마나 좋아."

사마용이 비웃음을 흘렸다.

"똥줄이 탈 만하지. 마존이 어디 보통 인물인가? 그렇게 거하게 뒤통수를 쳤는데 마존이 멀쩡히 살아 있으면 나라도 잠자리가 뒤숭숭하겠어."

위지허가 껄껄 웃으며 말했다.

"풍월을 키워낸 검선과 마도의 사문은 화산과 철산도문입니다. 하나, 그가 화평연의 비무대회에 패천마궁의 대표로 나선 것을 감안했을 때 화산보다는 철산도문에 조금 더 마음을 쓰고 있다고 보입니다."

"그걸 알기에 도움을 청한다? 흠, 게다가 천마의 무공까지 얻었으니 후계자로 세우기엔 딱이로구나."

"예."

"후계자든 단순히 도움을 청한 것이든 풍월이 패천마궁에 합류했다고 가정했을 때 어찌 될 것 같으냐?"

사마용이 물었다.

"전세가 역전되리라 봅니다."

사마조가 단언하듯 말하자 사마용이 미간을 찌푸렸다.

"허! 놈을 너무 과대평가하는 것 아니냐? 놈이 대단하다는 것은 알지만 세력과 세력 싸움이다. 마련의 전력은 과거 패천 마궁 힘의 팔 할에 육박할 정도야. 아니, 팔대마존 중 뇌정마 존, 수라마존, 적룡마존의 무공이 고스란히 전해졌으니 어찌 보면 패천마궁의 힘을 뛰어넘었다고 해도 과언은 아니지. 특히 수라검문의 힘이 놀라울 정도로 상승했다고 들었다. 맞느냐?"

"예, 수라검문의 전체적인 전력도 증가했지만 지난해에 문주에 오른 엽무강의 실력은 실로 놀라울 정도입니다. 수라마존이 남긴 무공을 대성했다는 소문이 돌고 있을 정도입니다."

"그 얘긴 나도 들었다. 하긴, 그러니까 전위가 문주직을 삼십도 되지 않는 애송이에게 양보했겠지."

사마조는 패천마궁의 기습에 당한 전위가 최소한 반년은 요양해야 할 정도로 큰 부상을 당했다는 말을 굳이 거론하지 않았다. 설마 멀쩡한 몸이라 해도 일찌감치 물러났을 것이라는 말이 중론이었으니까.

"그 정도 나이에 수라검문처럼 거대한 세력의 주인이 된 놈은 아마 그놈이 처음일걸. 뭐, 어린 나이에 가주나 문주가 된 자들이 없는 것은 아니나 대게는 비상 상황으로 인해 어쩔 수 없이 그리 된 경우지. 세력도 쪼그라들고."

"놀라운 것은 엽무강이 문주가 되고 수라검문의 전력이 폭발적으로 증가하고 있다는 겁니다. 마련 내에서도 우려의 시선을 보일 정도입니다."

"나쁘지 않다. 어차피 마련 놈들도 손을 봐야 하니까. 아무튼 이야기가 다소 빗나갔구나. 마련은 이미 과거의 패천마궁을 능가할 정도로 세력이 커졌다. 한데 풍월이 패천마궁을 돕는다고 완전히 기운 힘의 균형추가 바로 세워질 것 같으냐?"

사마용이 믿기 힘들다는 표정으로 물었다.

"그렇습니다."

"허!"

"이번 북해빙궁과의 싸움을 지켜보며 다시금 깨달았습니다."

"무엇을 말이냐?"

"놈의 능력이 얼마나 괴물 같은지를 말입니다. 그나마 과거에는 감당할 수 있다고 생각했습니다만 천마의 무공을 얻은 지금은……."

사마조가 힘없이 고개를 저으며 말을 이었다.

"북해빙궁이 놈에게 농락당한 것을 보십시오. 북해빙궁에서 열 손가락 안에 드는 고수 넷이 놈에게 목숨을 잃었습니다. 뿐만 아니라 든든한 우방이라 할 수 있는 봉황문, 천랑당과 장백파가 초토화되었습니다. 말 그대로 북해무림이 놈에 의해 쑥대밭이 된 것입니다. 단언컨대 놈이 패천마궁에 합류를 한다면 마련에도 이와 비슷한 일이 생길 것입니다."

"놈 혼자서 한 일이 아니다."

사마용이 굳은 표정으로 술잔을 들었다.

"혼자서도 가능했다고 봅니다. 다만 동료들의 도움을 받아 보다 손쉽게 끝냈을 뿐입니다."

"……."

사마조의 확신에 찬 말에 사마용은 대답을 하지 못했다. 위지허 역시 별다른 대답을 하지 못한 채 애꿎은 술잔만 빙글빙글 돌렸다.

"아, 참고로 최근에 놀라운 보고가 하나 올라왔습니다."

"놀라운 보고라니?"

위지허가 물었다.

"놈과 지금껏 한 몸처럼 움직이고 있는 의제 형응이 어쩌면 살황마존의 무공을 이었을지도 모른다는 분석입니다."

"사, 살황마존!"

"살황이란 말이냐?"

위지허와 사마용의 입에서 비명에 가까운 경악성이 터져 나왔다.

"예, 북해빙궁과의 싸움을 분석하는 과정에서 형응이 사용한 무공이 과거 살황무존의 살예와 비슷하다는 보고입니다. 아직은 정황에 불과하지만 풍월이 천마의 무공을 얻었음을 감안해 본다면……."

"천문동과 천마동부에서도 살황의 시신은 끝내 발견되지 않았지. 그래, 그럴 수도 있겠구나. 살황마존이라니……."

사마용과 위지허의 표정이 심각하게 변했다.

팔대마존의 으뜸인 살황마존.

순수 무공을 따지자면 그보다 수라마존이나 뇌정마존 등이 강할지 몰랐다. 하지만 그럼에도 살황마존을 첫손에 꼽는 이유는 살황의 살예가 천마마저 인정을 했을 정도로 뛰어났기 때문이다. 애당초 정면으로 붙지 않는다는 가정을 했을 때 수라마존이나 뇌정마존은 살황마존의 살예를 결코 피할 수가 없었다.

"천마의 무공에 살황마존이라면… 허! 놈이 운이 좋은 것이냐? 아니면 하늘이 우리를 시샘하는 것이냐?"

위지허가 탄식하듯 말하자 사마용이 웃으며 고개를 저었다.

"이 정도 시련을 극복하지 못하고 어찌 천하를 도모할까. 하늘이 우리에게 적당한 상대를 내려준 것이라 믿지. 하지만 이 시점에서 시련은 적당하게 이용을 하는 것이 좋겠지. 힘의 균형을 위해서라도. 그렇게 경고를 했음에도 북해빙궁에선 놈을 막지 못했지. 덕분에 후방이 초토화가 되는 바람에 물러날 수밖에 없었고. 조아야."

"예, 할아버님."

사마조가 머리를 조아렸다.

"마련에게 연락을 해주어라. 참으로 궁금하구나. 마련은 어찌 대처를 할지 말이다."

"바로 조치하겠습니다."

사마용은 사마조의 명쾌한 대답에 흐뭇한 미소를 지으며 술잔을 들었다.

*　　　　*　　　　*

적룡무가의 회의실.

가주 황익이 곤룡포와 비슷한 용포(龍袍)를 입고 태사의에 앉아 있었다. 그의 좌우로 이십에 가까운 인원이 긴 탁자를 두고 마주 앉아 아침에 전해진 서찰 하나를 두고 치열한 논의를 하는 중이다.

"그러니까 개천회의 차도살인지계란 말입니까?"

황익이 조금은 나른한 음성으로 물었다.

"예, 본 가, 정확히는 마련의 손을 빌려 놈을 치기 위함입니다."

장로 황염이 확신에 찬 음성으로 말했다.

"어찌 그리 확신하십니까, 당숙?"

황익이 다시 물었다.

"개천회는 천하를 노립니다. 한 산에 호랑이가 두 마리는 존재할 수가 없지요. 미끼입니다."

"하지만 당숙, 중요한 건 차도살인이든 미끼든 놈이 마존을 만나기 위해 이곳으로 오고 있다는 것은 틀림없는 사실입니다. 본 가의 아이들이 직접 확인까지 했습니다. 이제 곧 마존의 명줄을 틀어쥐고 패천마궁의 숨통을 끊을 수 있습니다. 하지만 놈이 패천마궁에 합류를 한다면 상황이 어찌 변할지 가늠키 어렵습니다."

적룡무가의 지낭이라 할 수 있는 황숙이 말했다.

"하면 어쩌자는 것이냐?"

"막아야지요."

"허! 개천회 놈들의 의도가 뻔히 보이는데도 응해야 한다는 말이냐?"

황염이 분통을 터뜨리자 황숙이 엷은 미소를 지으며 그를 달랬다.

"현 시점에서 우리가 개천회 놈들의 의도대로 움직여 줄 수밖에 없습니다. 우리는 세상에 드러나 있고 놈들은 아직도 어둠 속에 숨어 있으니까요. 상황이 마음에 들지는 않으나 놈들이 원하는 대로 움직여 주는 것도 나쁘지는 않을 것 같습니다."

"달리 생각이 있는 것 같군."

황익의 말에 황숙이 환히 웃으며 말했다.

"예, 형님. 이건 개천회 놈들이 우리에게 기회를 준 것이나 다름없습니다."

"이해가 되지 않는다. 정확히 설명해 봐."

"예."

황숙이 벌떡 일어나 벽면에 붙은 지도를 짚어가며 설명을 시작했다.

"개천회의 정보대로라면 놈은 이미 장강을 넘었습니다. 곧바로 남하를 시작한다고 가정했을 때 놈은 필연적으로 본 가가 장악하고 있는 지역을 지납니다. 부딪칠 수밖에 없습니다."

"개천회에서 본 가에 연락을 해온 이유겠지."

"예, 하지만 당숙의 말씀대로 이는 개천회의 차도살인지계. 굳이 놈과 부딪칠 필요는 없습니다."

"피하라 명하라는 건가?"

황익이 조금은 짜증이 묻어나는 음성으로 물었다.

"피하는 것이 아니라 길이 어긋나는 것입니다. 싸우고 싶어도 싸울 수 없는."

"답답하다. 장광설은 그만두고 핵심만 설명해라."

황염이 참지 못하고 채근했다.

"본 가는 남궁세가를 공략하기 위해 움직였으니 놈과 만날 수가 없는 것입니다."

"남궁세가?"

황염의 굵은 눈썹이 꿈틀댔다.

"뜬금없이 남궁세가는 왜? 놈들은 흑룡묵가와 북명천가가 맡기로 되어 있는데."

"하지만 아직도 남궁세가는 건재합니다. 장강이남을 완벽하게 장악하기 위해서라도 남궁세가는 반드시 제거가 되어야 합니다. 마련의 맹주로서 더 이상 묵과할 수 없는 것이지요. 해서 대대적으로 지원을 합니다."

남궁세가를 향해 움직였던 황숙의 손이 다시금 제자리로 돌아왔다.

"하필이면 병력의 공백기에 풍월의 존재가 확인이 됩니다. 막고 싶어도 막을 수 없는 상황이지요."

황숙의 손이 조금 남쪽으로 이동했다.

"결국 놈을 막아야 하는 곳은……."

"수라… 검문? 수라검문이더냐?"

황숙이 짚은 곳을 확인한 황염이 눈을 동그랗게 뜨고 물었다.

"삼태상의 한 축으로서 그렇게 되어야 하지 않겠습니까?"

"차도살인지계를 역으로 이용하자는 말이구나."

"예, 엽무강이라는 애송이가 사부를 밀어내고 수라검문의 가주가 된 이후, 놈들의 상승세가 심상치가 않습니다. 차후를 생각해서라도 한 번쯤 눌러줄 때가 되었습니다."

손가락으로 수라검문의 영역을 톡 건드리는 황숙의 얼굴엔 차가운 미소가 걸려 있었다.

"대장로께선 어찌 생각하십니까?"

황익이 왼편에 앉아 있는 숙부 황하교에게 물었다.

"뻔히 보이는 계획이기는 합니다만 나쁘지는 않습니다. 마련에서 주도권을 잡고 싶어 눈에 불을 켜고 있는 애송이라면 앞뒤 살피지 않고 덥석 물고 볼 테니까요. 설사 풍월을 제거하는 데 성공을 한다고 해도 지금껏 풍월이 보여준 무위라면 엄청난 손실이 발생할 겁니다. 상처뿐인 영광이지요. 문제는 풍월이 수라검문의 공격을 감당해 내고 마존을 만나게 되었을 때입니다."

"설마요! 그게 가능하겠습니까?"

황엽이 당치도 않다는 얼굴로 물었다.

"북해빙궁이 놈 하나 때문에 하북으로 물러났네. 그가 상대한 자들의 면면만 살펴봐도 결코 만만하지가 않아."

"놈을 무시할 생각은 없습니다. 하지만 수라검문의 전력을 생각하면……."

황엽이 말끝을 흐리자 황익이 조용히 말했다.

"저도 같은 생각입니다. 놈을 마존과 만나게 할 수는 없지요. 혹시 모르니 따로 준비는 해야 할 것 같습니다."

황익의 눈이 황숙에게 향했다.

"풍천뇌가에게 은밀히 연락을 해서 한 손 보태라고 해. 사정 설명도 하고. 제 놈들도 생각이라는 것이 있다면 거절은 하지는 않겠지."

"그리 전하겠습니다."

황숙이 고개를 숙여 명을 받았다.

"무림공적이라. 큭! 놈답군. 그래서 더 아쉽고."

지도를 보며 풍월의 움직임을 유추하던 황익의 입에서 나직한 음성이 흘러나왔다.

적룡마존의 무공을 완벽하게 익힌 황익, 그는 천마의 무공을 얻었다는 풍월을 직접 상대해 보고 싶은 호승심을 간신히 억눌렀다.

제87장

수라검문(修羅劍門)

　"우웨엑!"

　격한 구역질과 함께 노인이 한 사발의 피를 토해냈다.

　한번 시작된 구역질은 거의 반 각 가까이 이어졌는데 그때마다 흘린 피가 노인이 입고 있는 옷을 완전히 붉게 물들였다.

　간신히 기침과 구역질을 멈춘 노인이 피 묻은 옷을 벗었다.

　뼈와 가죽뿐인 앙상한 상체가 드러났다.

　옷을 들고 있는 중년인의 눈빛이 크게 흔들렸다.

　나이가 듦에 따라 몸이 약해지는 것은 어쩔 수 없는 자연의 이치이나 불과 몇 년 전까지만 해도 노인은 그런 자연의 이치를 우습게 여길 정도로 건강을 유지하고 있었기 때문이다.

'천하의 마존께서……'

중년인, 패천마궁의 군사 순후는 힘겹게 옷을 갈아입고 있는 마존 독고유를 보며 자신도 모르게 슬픈 표정을 지었다. 그런 순후의 모습에 독고유가 너털웃음을 보였다.

"그런 얼굴로 볼 것 없다. 아직은 버틸 만해."

"죄송합니다, 궁주님."

자신의 실책을 인식한 순후가 얼른 고개를 숙였다.

"죄송할 것도 없고. 이 꼴을 보면 걱정하는 것도 당연한 것이니."

"기운 내십시오. 곧 쾌차하실 겁니다."

"입바른 소리는 하지 말고."

옷을 완전히 갈아입은 독고유가 벽에 비스듬히 기댄 채 물었다.

"녀석은 어디까지 왔다고 하더냐?"

순후가 기다렸다는 듯 대답했다.

"장강을 넘어 남하하고 있다고 합니다."

"그 얘긴 어제도 들었고. 정확히."

"아직 소식이 도착하지 않았습니다만 거리상 장사 인근을 지나고 있을 겁니다."

"장사라… 이제 곧 놈들과 부딪치기 시작하겠군."

독고유의 눈에서 강한 빛이 흘러나왔다.

몸은 부상과 병마에 시달리고 있지만 눈빛만큼은 예전과 다름이 없었다.

"그렇잖아도 그 일로 말씀드릴 것이 있습니다."

"다른 움직임이라도 있는 것이냐?"

"예, 길목에 위치하고 있던 적룡무가 놈들이 갑자기 이동을 하기 시작했습니다."

"이동이라니?"

독고유가 고개를 갸웃거렸다.

"하면 놈과 부딪치는 것을 피한다는 말이냐? 이해가 안 가는구나. 그 영악한 놈들이 본좌가 녀석을 부른 이유를 모르지 않을 텐데."

"피한다기보다는 아무래도 떠맡기는 것 같습니다."

"떠맡겨? 누구에게?"

"적룡무가 아래쪽에 수라검문이 있습니다."

"음."

수라검문이란 이름을 듣자마자 독고유의 입에서 나직한 신음이 흘러나오고 눈빛은 분노로 물들었다.

적룡무가와 수라검문, 풍천뇌가가 작정하여 반란을 일으켰을 때 자신의 가슴에 검을 꽂아 넣던 애송이의 얼굴이 떠올랐다. 그때의 부상으로 인해 지금의 꼴이 되고 말았다.

'수라검문.'

독고유가 분노에 몸을 떨자 순후가 걱정스러운 얼굴로 말했다.

"마음을 편하게 하십시오. 자칫하면……."

금방이라도 의원을 부를 기세에 독고유가 맥이 풀린 얼굴로 손짓했다.

"걱정하지 마라. 그저 옛날 생각에 잠시 화가 났을 뿐이다. 분노한다고 한들 아무것도 할 수 없는 몸이거늘."

"풍월, 그 친구가 대신 해줄 겁니다."

"뭐, 의도한 바는 아니나 그리될 것 같기도 하구나. 한데 수라검문이 적룡무가의 뜻대로 움직여 줄지는 모르겠다."

"움직일 겁니다."

순후가 단정하듯 말했다.

"어째서?"

"겉으로 드러나지는 않았지만 현재 마련은 알력 다툼이 심해지고 있습니다."

"하긴 애당초 권력을 나눈다는 것 자체가 말이 안 되니까. 당장은 몰라도 오래갈 것이란 생각은 하지 않았다. 아무튼 그래서?"

"풍천뇌가 조금 뒤쳐진 상황에서 수라검문이 풍월을 잡는다면 최고의 전과가 될 수 있습니다."

"하지만 그만큼 큰 피해를 감수해야 한다. 적룡무가도 그래서 피한 것일 텐데."

"수라검문의 애송이는 그마저도 감수하려 할 겁니다. 적룡무가는 실리를, 수라검문은 명분을 얻는 것이지요."

"실리와 명분이라. 가소롭구나. 정면으로 부딪칠 자신이 없어 쥐새끼처럼 뒤통수를 친 것들이."

독고유가 가소롭다는 웃음을 흘리다 문득 물었다.

"한데 도와줘야 하지 않겠느냐? 녀석의 실력을 믿고는 있지만 한 손이 열 손을 감당할 수는 없는 법. 수라검문이라면 솔직히 만만치 않다."

"면목 없습니다만 병력을 따로 움직일 만큼의 여력이 없습니다."

힘없이 고개를 저은 순후가 단호한 눈빛으로 말했다.

"홀로 천하를 휘어잡은 천마 조사님의 무공을 얻었습니다. 패천마궁을 얻으려면 이 정도 난관이야 당연히 돌파를 해야지요."

"좋은 얘기다. 녀석이 무사히 도착하며 꼭 전해주마."

단호했던 순후의 표정이 확 변했다.

"그, 그건 좀……."

"농이다. 그나저나 수라검문 놈들과 부딪친다면 꽤나 시간이 지체될 터. 걱정이다. 본좌가 버틸 수 있는 날도 얼마 남지 않았거늘."

"풍월, 그 친구를 믿어보시지요. 반드시 제때에 도착할 겁니다."

"그래, 믿고 있다."

독고유가 지그시 눈을 감으며 대답했다.

오랜만에 편한 미소가 지어졌다.

*   *   *

소림사에서 무림공적이란 거창한(?) 칭호를 얻은 풍월은 곧바로 개봉으로 떠났다. 떠나기 전 찾아온 왕수인과 용패가 자신들의 실수를 백배사죄했지만 풍월은 그들의 실수에 대해 그다지 개의치 않았다. 개천회가 소림과 정무련의 수뇌들에게 항의를 할 정도였으니 그들이 아니더라도 어차피 알려질 일이기 때문이었다.

풍월이 개봉에 도착해서 하루를 더 머물고 패천마궁으로 출발을 하려 할 때 소림에서 연락이 왔다.

화연이 입수한 개천회의 간자 명단에 풍월을 무림공적으로 지목하고 제재를 해야 한다고 그토록 난리를 쳤던 조삼과 용화문이 개천회의 간자라는 사실을 알려온 것이다.

더불어 소림에서 있었던 불미스러운 일에 대한 사과를 해왔다. 하지만 그가 흡성대법을 익혔다는 것에 여전히 유감을 표했는데, 이를 본 풍월은 곧바로 서찰을 집어 던졌고 무려 정무련의 이름으로 온 서찰은 황천룡이 측간에서 볼일을 볼 때 사용되었다.

구양봉과 아쉬운 이별을 한 풍월과 그 일행은 곧바로 남하를 했다. 패천마궁에서 날아온 전서구를 통해 계속해서 재촉을 받은 은혼의 성화로 이동속도는 상당히 빨랐다.

순후는 장사 인근을 지날 것이라 예상을 했지만 일행은 그가 예측하는 것보다 훨씬 더 밑으로 내려와 있었다.

형산에서 서북쪽으로 이십여 리 떨어진 야산.

인가를 찾지 못한 풍월 일행은 서둘러 노숙을 준비했다.

기름 먹인 천을 이용해 이슬을 피할 지붕을 만들었고 그 아래 모닥불을 피웠다.

유연청이 말린 육포와 쌀을 섞어 고기 죽을 만들 때 형웅이 사냥을 위해 산으로 움직였다.

형웅이 돌아온 것은 죽이 거의 완성될 때였다. 한데 그의 손에 들린 것은 사냥감이 아니라 축 늘어진 사내였다. 신고 있는 신발부터 머리에 쓴 두건까지 온통 흙빛 일색이었다.

"뭐야? 잡아 오라는 사슴은 어디 가고 웬 사람이야. 설마

먹자는 건 아니지?"

황천룡의 말 같지도 않은 농에 형웅은 대꾸도 하지 않고 풍월 앞에 잡아온 적을 던졌다.

"숲에 숨어 있더라고요. 하마터면 놓칠 뻔했어요. 딱 봐도 제대로 훈련받은 놈들입니다."

"적룡무가의 요원일 겁니다. 이곳에서 얼마 떨어지지 않은 형양을 장악하고 있으니까요."

은혼이 사내의 두건을 벗겼다.

삼십 남짓한 사내가 편안한 얼굴로 기절해 있었다. 아마도 자신이 어째서 기절하는지도 모르고 제압당한 것 같았다.

은혼이 사내의 얼굴에 물을 뿌려 그를 깨웠다.

눈을 뜬 사내는 자신이 처한 상황을 이해하지 못하고 한참이나 멍하니 있다가 이내 두려움에 떨었다.

"적룡무가에서 온 놈이냐?"

은혼이 물었다.

사내는 아무런 대답도 하지 않고 입을 꽉 다물었다.

곧 은혼이 차갑게 웃으며 말했다.

"묵영단의 은혼이다."

묵영단이란 말에 사내의 눈동자가 파르르 떨렸다.

"입을 다물어봐야 너만 손해다. 알지? 입을 열 방법은 많다는 걸. 자, 마지막 기회를 주겠다. 적룡무가에서 온 놈이냐?"

한심하다는 듯 고개를 흔든 황천룡이 몽둥이를 찾으며 말했다.

"답답하긴. 묻는다고 대답하냐? 이런 놈은 일단 패고 봐야지. 적당히 손맛을 보고 살도 찢기고 피도 좀 봐야 토설하기 시작……."

"아, 아닙니다."

황천룡의 예상과는 달리 사내는 순순히 입을 열었다.

"적룡무가 소속이 아니라고?"

"그, 그렇습니다."

"어디 소속이냐?"

"……."

사내가 입을 다물자 은혼의 눈빛이 날카로워졌다.

"어디?"

"수, 수라검문입니다."

"수라검문? 하면 흑익단(黑翼團)이란 말이네."

"예."

"나 알지?"

사내가 고개를 끄덕였다.

"이름이 뭐야?"

"송황입니다."

"송황? 흠, 기억에 없는데."

예상과는 달리 너무도 쉽게 입을 여는 사내의 모습에 황천룡은 물론이고 다들 황당한 눈으로 사내와 은혼을 바라보았다.

"이 새끼 뭐야? 명색이 요원이라는 놈이 뭐가 이렇게 입이 싸. 저잣거리에 굴러다니는 놈들도 처음엔 입을 다물고 버티는데. 사기 치는 거 아냐?"

황천룡이 송황의 멱살을 틀어쥐며 소리쳤다.

"패천마궁에 속한 문파에서 키우는 요원들 대부분은 잠시나마 묵영단에서 교육을 받습니다. 지금은 마련으로 튕겨 나간 곳도 마찬가지고요. 나름 자신들만의 방법을 고수하는 곳도 있기는 하지만 수준 차이가 나다 보니 어느새 모두가 묵영단의 훈련을 따르게 되었지요."

은혼이 두려움에 떠는 송황을 힐끗 바라보며 말을 이었다.

"묵영단에서 훈련을 받다 보면 묵영단이 얼마나 무서운지 알게 되는 겁니다. 그렇다고 이렇게 쉽게 입을 열지는 않습니다."

"굳이 감출 필요가 없다는 말이네."

풍월이 말했다.

"예, 한데 이상합니다. 형양을 장악하고 있는 것은 분명 적룡무가입니다. 수라검문이 아니라 당연히 적룡무가에서 움직여야 하는데요."

은혼의 말이 끝나기도 전에 송황이 말했다.

"적룡무가 놈들은 도망쳤습니다."

"도망? 어째… 아!"

풍월을 찾아 떠나기 전까지 마련을 상대로 누구보다 왕성하게 활동했던 은혼이다. 그들의 상황을 누구보다 잘 알고 있기에 어찌 된 일인지 바로 눈치챌 수 있었다.

"적룡무가에서 회피한 것 같습니다. 아무래도 풍 공자와 부딪치면 피해를 볼 것이란 생각 때문에."

"그건 수라검문도 마찬가지 아냐? 제 놈들은 무슨 방법이라도 있다냐?"

황천룡이 코웃음을 치며 물었다.

"자신 있을 겁니다. 그럴 만도 합니다. 최근 들어 수라검문은 무섭게 성장하고 있으니까요. 삼태상 중 으뜸이 수라검문이란 소리가 나올 정도입니다."

"수라검문의 문주가 엽무강이라고 했지요?"

풍월이 물었다.

"그렇습니다."

풍월이 잠시 옛 기억을 더듬었다.

패천마궁의 대표로 함께 화평연의 비무대회에 나갔던 엽무강과는 큰 접점이 없었다. 하지만 그가 자신을 제외하고 묵인

도와 더불어 가장 뛰어난 무공을 지니고 있다는 것은 기억이 났다. 더불어 천마동부에서 수라마존이 남긴 수라마환을 얻은 것까지.

"흠, 수라마존의 무공을 얻었다고 자신이 있는 모양이네요. 이봐."

풍월이 송황을 불렀다. 흠칫 놀란 송황이 두려운 눈빛으로 풍월을 바라보았다.

"엽무강이 수라마존의 무공을 얼마나 익힌 거지?"

이를 악물고 두려움을 떨쳐낸 송황이 크게 외쳤다.

"시, 십이성 대성을 이루셨다."

"대성을 했다? 짧은 시간에 대단하네."

말은 그리 했지만 그렇게 대단하게 생각하는 것 같지는 않았다.

풍월이 동료들을 돌아보며 말했다.

"이건 초대야. 피하지 말고 제대로 붙어보자는 초대."

"어찌하실 생각입니까? 저들과 엮이다 보면 시간이 많이 지체됩니다. 그리고……."

은혼은 천하의 풍월이라도 수라검문 전체와 부딪치면 절대적으로 위험하다고 생각하고 있었다. 하지만 차마 자신의 생각을 끝까지 말할 수가 없었다.

"가서 전해. 초대장은 잘 받았고 더불어 피할 생각은 없으니 제대로 붙어보자고 말이다."

풍월의 입가에 자신감 넘치는 미소가 지어졌다.

*　　　　*　　　　*

"무슨 짓이냐?"

수라검문 장로 곽홍이 미간을 찌푸리며 소리쳤다.

"수련 중이십니다. 죄송합니다만 돌아가 주시지요, 장로님."

곽홍을 가로막은 문주 직속의 호위대들이 나름 예의를 차리면서도 물러서지 않으면 곧바로 공격할 기세로 주변을 에워쌌다.

"급한 일이다. 연락이 오면 바로 보고를 하라 문주께서도 말씀하셨다."

"그런 명은 듣지 못했습니다. 돌아가십시오."

곽홍의 낯빛이 붉게 변하고 호흡은 거칠어졌으나 호위대의 고압적인 태도에 딱히 어찌할 방법을 찾지 못했다.

"명심해라. 보고가 늦어진 것은 너희들 때문이다."

곽홍이 애써 분노를 참고 몸을 돌리려 할 때였다.

"노여움을 푸시지요, 장로님."

호위대주 장요위가 수하들을 헤치며 나섰다.

"노여움 따윈 없네. 다들 제 할 일을 하는 것일 테니. 다만 책임은 지라는 얘기지."

곽홍의 말에 장요위가 엷은 미소와 함께 정중히 머리를 숙였다.

"문주께서 곽 장로님이 오시면 안으로 모시라는 명을 내리셨습니다. 수하들에게 미리 언질을 하지 않은 제 실수입니다. 하니 노여움을 푸시고 안으로 드시지요."

장요위가 정중히 사과를 하자 그제야 안색이 살짝 펴진 곽홍이 못 이기는 척 고개를 끄덕였다.

"내 이번만큼은 장 대주의 얼굴을 봐서 참도록 하지."

"감사합니다, 장로님."

장요위가 다시금 고개를 숙이며 곽홍을 안쪽으로 안내했다. 잠시 후, 두 사람은 문주 전용 연무장 앞에 도착했다.

"한데 문주께선 연공이 끝나셨나?"

곽홍이 조심스레 물었다.

"아직 끝나지 않으셨습니다."

연공이 끝나지 않았다는 말에 흠칫한 곽홍이 한 걸음 뒤로 물러나며 말했다.

"하면 노부는 이곳에 머무는 것이 좋겠네."

곽홍이 불안한 얼굴로 경계를 하자 장요위가 앞장서며 말했다.

"수라마검대(修羅魔劍隊)에 한 수 가르쳐 주시고 계십니다.

걱정하지 마십시오."

"아, 그, 그렇군."

멋쩍은 웃음을 흘리며 장요위가 열어준 문을 통해 연무장 안으로 들어섰다.

사방 십여 장 넓이의 연무장엔 대략 이십여 명의 수라마검 대원들이 구슬땀을 흘리며 움직이고 있었다. 곽홍은 그들이 수라마검대주를 필두로 각 조장, 고참들이라는 것을 바로 알아보았다.

"우두머리들만 따로 훈련시키시는군."

"전원을 훈련시키기엔 아무래도 무리니까요. 장소도 협소하고."

"그렇겠지."

고개를 끄덕인 곽홍이 빠르게 움직이는 대원들의 움직임을 가만히 살피다 눈빛을 빛내며 말했다.

"음, 저건 귀검진(鬼劍陣)이군."

"정확히 보셨습니다."

"상당, 아니, 노부가 보기엔 거의 완벽에 가까운 수준인데 문주님께선 마음에 들지 않으시는 모양이야."

문주 엽무강은 서로 호응하고 있는 네 개의 귀검진을 헤집고 다니면서 무자비할 정도로 수라마검대원들을 유린하고 있었다. 단순히 유린에 끝나는 것이 아니라 그때마다 호된 질책과 더불어 약점에 대한 보완책을 일러줬다.

"제가 보기에도 그렇습니다. 솔직히 전 한 개의 귀검진에 갇
히기만 해도 숨도 못 쉴 것 같은데요."

"엄살이 심하군. 대주의 실력을 아는데."

장요위의 실력이 장로들과 상대해 조금도 부족함이 없다는
것을 알고 있는 곽홍이 약간은 힐난하는 어조로 말했다.

"엄살이 아닙니다. 예전이라면 모를까, 요 근래 들어 수라마
검대원들이 펼치는 귀검진의 위력이 장난 아니게 강해졌습니
다. 별다른 약점을 찾기도 힘들 정도로요. 하긴 수장과 고참
들이 매일같이 저렇게 훈련하여 익히고 그걸 또 고스란히 수
하들에게 전하고 수련하니 강해지는 것도 당연하겠지요."

장요위는 엽무강의 공격에 모조리 나가떨어지는 수라마검
대원들을 보며 조금은 부러운 표정을 지었다. 그들은 문주 앞
이라는 것도 잊고 연무장에 대자로 누워 거친 숨을 몰아쉬었
다.

부러워하는 장요위와는 달리 곽홍은 조금은 굳은 표정으로
아무렇게나 널브러진 수라마검대 대원들과 그들을 격려하는
엽무강을 바라보았다.

이 년 전, 전대 문주가 물러나고 새롭게 문주의 자리에 오
른 엽무강은 평소의 유순하고 예의 바른 모습에서 완전히 탈
피하여 권위적이고 패도적인 모습으로 변했다.

천마동부에서 수라마환을 얻고 무공이 비약적으로 늘면서 그 변화가 시작이 되기는 하였으나 겉으로 크게 드러나는 수준은 아니었다. 하나, 문주의 자리에 오르면서 완전히 돌변한 엽무강은 자신의 의견에 반하는 장로들을 잔인하게 숙청하며 장로들의 힘이 강했던 수라검문을 완전히 장악했다.

힘과 권위를 양손에 쥔 엽무강은 대대적인 변화를 꾀했고 주변의 우려와는 달리 개혁은 성공했다. 삼태상이라 불리기는 했어도 가장 세가 약했던 수라검문이 어느새 풍천뇌가를 제치고 적룡무가의 위세를 넘보고 있는 것이다.

'친위대의 힘이 저토록 강맹하니……'

엽무강의 힘과 권위에 대항하는 것은 아니나 장로들의 발언권이 너무 약해진 것에 대해선 내심 아쉬움을 지니고 있던 곽홍의 입에서 한숨이 흘러나왔다.

수라마검대는 엽무강이 문주에 오른 뒤 만들어진 조직이다. 엽무강이 직접 뽑아 훈련시킨 친위대로서 패천마궁을 장악했을 때 얻은 온갖 무공과 영약들이 그들을 위해 쓰여진 것은 공공연한 비밀이다.

"웬 한숨이십니까?"

장요위가 착 가라앉은 음성으로 물었다.

날카로운 눈빛.

흠칫 놀란 곽홍은 내색하지 않고 허탈히 웃으며 말했다.

"수라마검대 말이야. 볼 때마다 실력이 늘고 있으니 부러워서 그러네. 노부는 그런 기쁨을 맛본 지 얼마나 되었는지 기억도 나지 않네."

장요위가 차갑게 굳었던 표정을 풀며 말했다.

"곽 장로님께서 그런 말씀을 하시면 저 같은 인간은 죽어야지요. 장로님께서 이루신 경지를 따라가려면 까마득하기만 한데, 아예 벽이 가로막고 있으니."

"벽? 벽이라면 예전에 넘고 노부 정도의 수준은 이미 따라잡은 것으로 아는데. 아닌가?"

"설마요."

곽홍과 장요위가 서로를 바라보며 의미심장한 웃음을 흘릴 때 엽무강이 상의를 풀어 헤치며 다가왔다.

"문주님을 뵙습니다."

곽홍이 정중히 예를 차렸다.

엽무강은 그런 곽홍에게 손짓하며 연무장 한쪽에 마련된 탁자로 이동했다.

의자에 털썩 주저앉은 엽무강이 탁자 위에 놓인 물을 벌컥벌컥 들이켠 후 물었다.

"그래, 소식은?"

곽홍이 소매 품에서 서찰 하나를 꺼냈다.

"흑익단의 요원이 보내온 서찰입니다."

곽홍이 건넨 서찰을 단숨에 읽은 엽무강이 코웃음을 쳤다.

"제대로 붙어보자? 오만함은 여전하구나."

순간, 엽무강의 손에 있던 서찰에 불이 붙더니 순식간에 재가 되어 흩어졌다.

"적룡무가 놈들은 완전히 빠졌지?"

"예, 놈이 이동하는 곳에서 완전히 자취를 감췄습니다. 말은 남궁세가를 공략하기 위함이라고 했지만……."

곽홍은 적룡무가의 차도살인지계라는 것을 슬며시 강조하며 엽무강의 눈치를 살폈다.

풍월에 관해선 이미 한차례 논의가 되었다.

대다수의 장로들은 풍월의 힘을 이용해 수라검문의 힘을 빼기 위한 적룡무가의 간계라며 풍월과의 대결을 피해야 한다고 주장했지만 엽무강은 이를 받아들이지 않았다.

"알아. 우리에게 풍월 그놈을 맡기려 함이라는 걸. 그 얘기는 끝난 것으로 아는데."

"죄, 죄송합니다."

엽무강의 날카로운 눈빛에 곽홍이 납작 엎드렸다.

"놈이 이곳에 도착할 때까지는 얼마나 걸리지?"

"지금 속도라면 사흘 정도 걸릴 것 같습니다."

"사흘이라. 꽤나 지루한 시간이 될 것 같군. 장 대주."

"예, 문주님."

장요위가 조용히 대답했다.

"준비는?"

"끝났습니다."

"실수는 없겠지?"

"예."

"좋아."

엽무강은 장요위의 자신만만한 태도에 흡족한 미소를 지었다.

'준비? 무슨 준비를 말하는 것이지. 문주께서 호위대에 따로 명한 일이 있단 말인가?'

수라검문 제자들의 움직임에 대해선 손바닥 보듯 훤히 알고 있던 곽홍은 엽무강과 장요위의 대화를 들으며 이해할 수 없다는 표정을 지었다.

그런 곽홍의 표정을 본 엽무강이 피식 웃으며 말했다.

"그렇게 머리 굴리지 않아도 곧 알게 된다."

"죄송합니다."

"장로들은 내가 공연한 공명심 때문에 놈과 상대한다고 떠들어대는데, 아무런 준비도 없이 싸우지는 않는다. 적룡무가 놈들의 의도도 모르지 않고. 하지만 기대해도 좋다. 내게는 그대들에게도 아직 공개하지 않은 비밀 무기가 있으니까."

"비, 비밀 무기라고 하시면……."

"풍월, 바로 그놈을 잡을 비밀 무기지. 보면 아마 깜짝 놀랄 것이다. 하하하!"

엽무강은 고개를 뒤로 젖히고 크게 웃음을 터뜨렸다. 장요위 역시 엷은 미소를 짓고 있었다.

두 사람의 웃음에 곽홍은 기쁘기보다는 오히려 불안한 마음뿐이었다.

*　　　　*　　　　*

"어서 오게."

먼저 자리를 잡고 홀로 술잔을 기울이고 있던 황익이 문으로 들어서는 중년인을 반갑게 맞이했다.

"쯧쯧, 천하의 적룡무가 가주께서 무슨 청승인가?"

풍천뇌가의 가주 뇌명이 가볍게 혀를 차며 자리에 앉자 황익이 술잔을 건넸다.

"우선 한 잔 들게. 맛이 좋아."

뇌명은 거절하지 않고 거푸 석 잔의 술을 마셨다.

"어째서 보자고 한 건가?"

뇌명이 술잔을 내려놓으며 물었다.

"대충 짐작은 하고 있을 텐데? 이미 밑에선 얘기들이 오간 것으로 아는데."

"수라검문?"

"맞아."

"어쩌자는 건데? 솔직히 난 그 애송이의 생각을 도무지 모르겠어. 이건 누가 봐도 적룡무가에서 엿을 먹이려는 건데 말이지. 그걸 좋다고 덥석 물을 줄은 상상도 못 했어."

"애송이니까. 공명심에 사로잡히기 딱 좋은 나이지."

황익이 술잔을 빙글빙글 돌리며 말했다.

"한데 궁금한 것이 있네."

"뭔가?"

"보고를 들으니 자넨 놈이 수라검문의 공격을 이겨낼 가능성이 있다고 여기는 것 같던데. 맞나?"

"맞아. 놈이 수라검문의 공격을 피해 마존 그 늙은이를 만날 가능성. 그야말로 최악의 경우지."

"풍월 놈이 도망치는 것을 대비해 미리 방비를 하자? 주변에 은밀히 병력을 동원해서?"

"그렇지."

"애송이긴 하지만 그렇게 만만치 않아. 수라검문 자체의 전력도 예전과는 비교할 수도 없고. 그건 누구보다 자네가 더 잘 알고 있을 텐데."

황익이 뇌명의 눈을 지그시 바라보며 말했다.

"흠, 그건 그렇지. 하지만 만약이라는 것도 있으니까."

"아니, 거짓말은 하지 말고."

뇌명이 정색하며 말을 이었다.

"내가 아는 적룡무가의 가주는 그렇게 허술하지 않아. 만약이라는 단어를 용납하지 않는 성격이기도 하고. 말해보게. 무슨 생각인가?"

"생각이라니 난 그저……."

황익이 말끝을 흐리자 뇌명이 벌떡 일어났다.

"쓸데없는 시간 낭비 하고 싶지 않아. 마지막 기횔세. 무슨 생각인가?"

가만히 뇌명을 바라보던 황익이 갑자기 웃음을 터뜨렸다.

"핫하하하하!"

"자네!"

뇌명이 미간을 찌푸리자 황익이 손을 내저으며 말했다.

"앉게. 내 말을 해줄 테니. 하하하!"

뇌명이 못마땅한 표정으로 자리에 앉고도 한참이나 웃음을 터뜨리던 황익은 술을 한 잔 들이켜고서야 비로소 웃음을 멈췄다.

"본 가의 식솔들도 눈치를 못 챘는데 역시 자네는 나를 너무 잘 알아."

"흥! 칭찬으로 받아들이지."

"칭찬이네. 각설하고, 따로 병력을 움직이자는 이유는 두 가지네. 하나는 애송이가 풍월을 놓쳤을 경우. 말했다시피 놈과 마존을 만나게 해서는 안 돼. 마존은 틀림없이 패천마궁을 놈에게 넘기려고 할 것이네."

"큰 위협이 되려나?"

"아마도. 아니, 위협이 안 된다고 해도 지금보다는 훨씬 귀찮아지겠지. 훨씬!"

"하긴, 혼자서도 저리 날뛰었으니."

뇌명이 이해했다는 듯 고개를 끄덕였다.

"다른 하나는 애송이가 풍월을 잡았을 경우."

황익은 곧바로 말을 하지 않고 뇌명의 눈을 똑바로 응시했다. 잠시 의아해하던 뇌명은 황익의 의도를 금방 이해할 수 있었다.

"서, 설마!"

"그 설마가 맞아."

"아무리 못마땅해도 아군일세. 패천마궁, 정무련에 정의맹. 게다가 아직도 정체가 모호한 개천회까지. 사방에 적이네. 아직은 그럴 때가 아니야."

뇌명이 깜짝 놀라며 만류했지만 황익은 흔들리지 않았다.

"요즘 들어 그런 생각을 하네. 우리가 압도적인 전력을 가지고도 패천마궁이나 정무련을 쓸어버리지 못하는 것은 힘과 권력이 사방으로 흩어져 있어서 그런 것은 아닌가 하고. 애당

초 한 산에 호랑이가 세 마리나 있다는 것은 좀 그렇지 않은
가?"

황익은 웃으며 말을 했지만 뇌명은 결코 웃을 수가 없었다.

"우리까지 치겠다는 말로 들리는군."

뇌명이 싸늘한 표정으로 말했다.

"굳이 칠 필요까지는 없겠지. 이미 차이가 나지 않나."

"……."

"권력을 나누어 줄 수는 없지만, 어느 정도 영역을 보장해
줄 수는 있네."

황익이 은근한 어조로 제안했다.

"그래 봤자 적룡무가의 밑이나 닦는 신세로 전락하겠지."

"말이 심하군. 설마 내가 자네를 그리 취급하겠나?"

황익이 억울하단 듯이 말하곤 술을 들이켰다.

"글쎄, 자네는 어떨지 몰라도 자네의 수하들이나 후손은 다
를 수 있지."

"흐음."

황익은 뇌명의 말을 부정하지 못했다.

"그리고 난 굳이 수라검문을 칠 이유를 찾지 못하겠네."

"어째서? 그 애송이 놈이야말로 우리 모두를 짓밟고 정점에
서려고 하는데."

"자네 말대로 한 산에 호랑이가 셋은 좀 많지. 하지만 그래

서 더 안전하단 말이지. 둘이면 결코 양립할 수 없을 텐데 말이야."

"무슨 말을 하고 싶은 건가?"

황익이 거칠게 술잔을 내려놓으며 물었다.

"균형의 원리를 말하고 싶음이네. 한쪽의 동의 없이는 결코 다른 쪽을 공격할 수 없는 완벽한 균형."

"내 제안을 거절하겠다는 말이군."

"수라검문이 사라지면 다음 차례는 우리가 될 것이 뻔하니까."

뇌명은 할 말을 다 했다는 얼굴로 느긋하게 술잔을 들었다. 잠시 그를 바라보던 황익이 혀를 차며 말했다.

"쯧쯧, 순진한 친구 같으니. 이러니 그 애송이 놈이 자네를 얕보는 게야."

"격장지계(激將之計)를 써도 소용없네. 내 마음은 바뀌지 않을 테니."

"그럼 하나만 묻지."

"얼마든지."

"한쪽의 동의 없이는 다른 쪽을 칠 수 없다고 했나?"

"그랬지."

"한쪽의 동의가 어째서 자네, 풍천뇌가의 전유물이란 생각을 하는 건가?"

술잔을 입가로 가져가던 뇌명의 손이 그대로 멈췄다.

"무슨 뜻이지?"

"동의는 나도 할 수 있고 애송이도 할 수 있다는 말이네."

순간, 뇌명의 눈동자가 마구 흔들렸다.

"설… 마!"

"물론 나는 아니지. 하나, 내가 놈의 제안에 동의했으면 자네와 이렇게 술잔을 기울이고 있지는 않았을 걸세."

퍽!

뇌명의 손에 들린 술잔이 산산조각이 나 흩어졌다.

술과 함께 핏줄기가 흘러내렸지만 신경조차 쓰지 않았다.

"놈이 나를, 풍천뇌가를 치자는 제안을 한 것인가?"

뇌명이 분노로 이글거리는 눈빛으로 물었다.

"그랬지."

"언젠가?"

"중양절 직후였지, 아마."

분노로 불타는 뇌명과는 달리 술잔을 채우는 황익의 표정엔 여유가 있었다.

황익이 곧바로 쐐기를 박았다.

"고양이로 전락한 풍천뇌가는 더 이상 삼태상에 어울리지 않는다고 했네."

"애송이 놈이 감히!"

뇌명은 화를 주체하지 못하고 온몸을 부르르 떨었다.

"솔직히 말하자면 놈의 제안은 나쁘지 않았어. 그럼에도 불구하고 거절할 수밖에 없었지."

"어째서? 수라검문이 두려웠나?"

순간, 황익의 눈빛이 차가워졌다.

"그건 나와 적룡무가에 대한 모욕이네."

"……."

굳게 입을 다문 뇌명은 굳이 사과를 하지 않았다.

"풍천뇌가를 배제한 후, 수라검문과 일대일로 붙는다는 가정을 해봤지. 하지만 이긴다고 해도 상처뿐인 영광일 뿐 아무런 득도 없다는 것을 깨달았네. 본 가와 마련은 내부의 분열로 인해 만신창이가 되겠지만 적은 여전히 건재할 테니까."

"적들을 쓸어버릴 때까지 충돌을 피할 수도 있었을 텐데?"

"그게 불가능했기에 놈의 제안을 거절했지. 참을 수 없는 욕망으로 번들거리는 놈의 눈동자 속엔 기다림의 여유 따위는 존재하지 않았으니까."

"바로 싸움이 시작된다는 말이군."

"틀림없이. 내 본능이 그리 말을 해주었네. 더불어 그 생각은 지금도 유효해. 놈은 외부의 적은 상관없이 마련의 권력을 틀어쥐기 위해 수단과 방법을 가리지 않을 것이야. 어쩌면 내가 아닌 다른 사람의 손을 잡고 우리를 치려 할 수도 있겠지.

지금은 삼태상이란 이름에 눌려 있지만 자네도 알다시피 우리의 자리를 노리는 자들은 많고 많으니까."

"그래서 먼저 치자는 말을 한 것이군."

"그래. 그것이 가깝게는 나와 자네, 나아가는 마련 전체를 위하는 길이니까."

황익의 말에는 진정성이 담겨 있었다. 하지만 뇌명은 마지막까지 의심을 거둘 수가 없었다.

"한데 자네의 말이 사실이라는 것을 어찌 증명할 수 있지? 단순히 나를 끌어들이기 위한 거짓말일 수도 있는데."

"증명할 건 없네. 못 믿는다고 해도 할 수 없는 것이고. 다만 지금까지 나와 놈의 행보를 보고 판단해 줬으면 좋겠군. 누가 더 자네와 풍천뇌가, 마련에 위험한 인물인지."

그것으로 대화는 끝이 났다.

두 사람은 한참 동안이나 아무런 말도 없이 그저 술만 주고받았다.

침묵을 깬 사람은 뇌명이었다.

"풍월과 애송이. 동시에 잡을 수 없는 상황이라면 누가 먼저인가?"

황익은 생각할 것도 없다는 듯 말했다.

"풍월."

*　　　　　*　　　　　*

풍월과 그 일행이 형남의 등운객점에 도착한 것은 해가 완전히 떨어지고 온 세상이 어둠에 잠길 때였다.

사환의 안내로 이 층에 오른 일행은 맨 오른쪽 객실 두 개를 빌려 여장을 풀었다. 웃돈을 요구한 주인의 장담대로 객실은 꽤나 넓었고 굽이쳐 흐르는 상강(湘江)이 한눈에 보이는 명당이었다.

"아우, 죽겠다!"

침상을 발견한 황천룡이 대자로 누워 앓는 소리를 해댈 때 느닷없이 손님이 찾아왔다.

"어, 추혼전주 아니십니까?"

풍월은 매혼루의 모든 정보를 관장하는 추혼전주 강와의 등장에 깜짝 놀란 표정을 지었다.

"오랜만에 뵙습니다, 풍 공자."

강와가 정중히 인사를 했다.

"예, 오랜만입니다."

풍월도 반갑게 인사를 했다.

"추혼전주 강와가 루주님을 뵙습니다."

강와가 형웅을 향해 무릎을 꿇었다.

"그런 인사는 하지 말라고 했잖아."

형웅이 역성을 내자 강와가 아차 싶은 얼굴로 재빨리 일어났다.

"죄송합니다."

"됐고. 보고나 해봐."

형웅의 명에 강와가 입을 열려는 찰나, 침상에 누워 있던 황천룡이 어느샌가 다가왔다.

"어이구, 인정머리 없는 놈. 아무리 수족처럼 부리는 수하라지만 그러는 거 아니다."

형웅을 향해 핀잔을 준 황천룡이 강와에게 의자를 권했다.

"앉으쇼. 무슨 보고인지는 모르겠지만 차라도 한잔하고 숨 좀 돌린 다음에 합시다."

"괜찮습니다."

강와가 사양했지만 황천룡은 막무가내로 그를 의자에 앉혔다. 때마침 물러났던 사환이 주문받은 술과 함께 안주를 내왔다.

갑작스럽게 시작된 술자리다.

풍월 일행과 강와는 커다란 탁자에 둘러앉아 왁자하게 술판을 벌렸다.

"그런데 이곳엔 진짜 무슨 일이랍니까? 네가 불렀냐?"

풍월이 강와와 형웅을 동시에 바라보며 물었다.

"예."

"뭣 하러. 매혼루 재건하는 일만으로도 바쁠 텐데."

"패천마궁의 힘을 넘어섰다는 마련이 상대니까요. 다른 건 몰라도 최소한 우리 주변에 무슨 일이 일어나고 있는지는 미리미리 확인해 볼 필요가 있을 것 같아서 불렀습니다. 미리 말씀드리지 못해 죄송합니다."

"아니, 죄송할 건 없고. 나야 고맙지. 한데 위험하지 않을까 모르겠다. 우릴 주시하는 눈이 하나둘이 아닐 텐데."

"위험할 일은 없습니다. 어지간한 실력으론 우리의 움직임을 감지조차 하지 못할 테니까요."

이번에 동원된, 아니, 애당초 살아남은 매혼루의 살수들은 최소 이급 이상의 살수들이다. 말이 이급이지 그 정도 수준이면 어지간한 정보원들은 흔적도 찾을 수 없다.

"하하! 자신감이 넘치는데."

너털웃음을 터뜨린 풍월이 강와에게 시선을 돌렸다.

"아무튼 보고할 게 있는 것 같은데 들어나 봅시다."

풍월의 말이 끝나기가 무섭게 벌떡 일어난 강와가 커다란 천을 꺼내 벽에 고정시켰다. 천에는 대략적인 주변의 형세와 적으로 예상되는 적들의 움직임을 표시해 두었다.

"현재 우리의 위치는 상강의 상류에 위치한 등운객점, 바로 이곳입니다."

강와가 천의 상단 부분을 짚었다.

"그리고 풍 공자님을 기다리는 수라검문의 위치는 이곳입니다. 정확히 반나절 거리입니다."

"생각보다 가깝네."

풍월이 약간은 놀란 얼굴로 말했다.

"놈들의 숫자는 얼마나 되지?"

형웅이 물었다.

"이곳에 진을 치고 있는 수라검문의 숫자는 대략 삼백 남짓 됩니다. 확인해 본 바, 그 정도 병력이면 수라검문 전력의 육 할 정도입니다."

"휘유! 장난 아니네."

게걸스럽게 안주를 먹던 황천룡이 탄성을 내질렀다.

"엽무강이 그곳에 있습니까?"

풍월이 물었다.

"그렇습니다."

풍월은 방 안에 모인 이들의 숫자를 슬쩍 가늠해 보더니 피식 웃었다.

"하하! 육 할이라. 엽무강이 아주 작심을 한 모양입니다."

"엽무강뿐만이 아닌 것 같습니다."

"무슨 뜻이지?"

형웅이 차가운 눈빛을 번뜩이며 물었다.

"현재 이곳에는 수라검문뿐만이 아니라 제삼의 세력도 움직이고 있습니다."

"제삼의 세력? 어떤 놈들이야?"

"풍천뇌가와 적룡무가입니다."

강와의 말에 모두들 놀란 표정을 지었다.

수라검문에 이어 풍천뇌가와 적룡무가까지 개입을 했으니 마련의 삼태상이 모두 움직인 것이다.

"숫자는 얼마나 됩니까?"

풍월이 물었다.

"수라검문 병력에 비하면 확실히 소수입니다. 양측 합쳐서 대략 오십 정도로 보이는데 개개인의 실력만큼은 상당히 뛰어난 것 같습니다. 놈들을 발견하고 따라붙던 청요가 하마터면 목숨을 잃을 뻔했다고 하니까요."

"청요가?"

형응이 깜짝 놀라 되물었다.

특급살수 청요는 현재 매혼루에서 다섯 손가락 안에 꼽히는 고수다. 특히 은신, 추적술은 타의 추종을 불허할 정도로 대단하다. 한데 그런 그녀가 자신의 존재를 노출시키고 목숨까지 잃을 뻔했다는 것은 그만큼 상대가 뛰어나다는 것을 의미했다.

"흠, 단순히 지원을 온 것 같지는 않은데 말이지요."

풍월이 고개를 갸웃거렸다.

"예, 그러기엔 움직임이 너무도 은밀합니다. 자신들의 움직임을 감추기 위함인지 수라검문이 사방에 풀어놓은 척후들을 베기까지 한다는군요."

"답 나왔네."

황천룡이었다. 모두의 시선이 황천룡에게 향했다.

"그 자식들 뒤통수를 치려는 거다. 우리와 싸워서 만신창이가 된 수라검문을 치려는 거야."

"그러기엔 숫자가 너무 적어요."

유연청이 반박하자 황천룡이 고개를 저었다.

"그만큼 뛰어난 고수들만 골라서 왔겠지요. 괜히 많은 인원을 동원해 봤자 들키면 아무런 소용이 없으니까. 척후들까지 베면서 자신들을 숨긴다고 하잖아요."

"황 아저씨 말이 맞는 것 같네요. 애당초 적룡무가가 우리와의 싸움을 피한 것도 이런 식의 전개를 원했기 때문인 것 같고요. 이거 완전 쓰레기들이네."

풍월은 뒤에서 수작질을 하는 적룡무가가 영 마음에 들지 않았다.

"참고로 지금 이곳에서 활동하고 있는 간자들의 수를 합치며 수십 명이 훌쩍 넘는 것 같습니다. 이곳 객점에도 꽤나 많은 인원이 숨어 있습니다. 재밌는 것은 그들이 속한 곳이 각기 다르다는 겁니다. 물론 수라검문이 압도적으로 많기는 하지만 다른 곳의 척후들까지 합치면 수라검문이 풀어놓은 척후보다 많습니다."

강와의 말에 황천룡이 코웃음을 쳤다.

"뻔하지. 뒤통수를 치려는 놈들이 풀어놓은 것 아니겠소. 패천마궁에서도 보낸 이들도 있을 것이고 정무련이나 정의맹에서도 보냈을 것이고. 아, 개천회 그 개자식들이 보낸 놈들도 있겠네."

황천룡은 개천회를 언급했다는 것만으로도 기분이 나쁜지 거칠게 술잔을 들며 소리쳤다.

"자, 이제 그런 밥맛없는 놈들 얘기는 그만하고 술이나 마시자고. 반나절 거리라니까 어차피 내일 오후면 만날 수 있겠네. 수라검문이든 지랄이든 그때 모조리 박살을 내버리자고."

호기롭게 소리친 황천룡이 술잔을 앞으로 내밀자 저마다 웃음을 터뜨리며 술잔을 부딪쳤다.

하지만 전운(戰雲)은 이미 등운객점을 향해 조용히 다가오고 있었다.

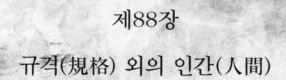

제88장

규격(規格) 외의 인간(人間)

안개가 자욱하게 낀 아침.

풍월과 일행은 일 층 주루로 내려가 아침을 시켰다. 지난밤에 제법 무리를 해서 술을 마셨기에 속을 달랠 수 있는 죽과 탕으로 간단히 요기를 하기로 했다.

"어우, 좋다."

유난히 많이 마신 황천룡이 몇 가지 채소에 계란을 죽처럼 풀어 만든 탕을 호들갑스럽게 떠먹었다. 다들 황천룡을 따라 바삐 숟가락을 움직였다. 유연청만이 죽순을 갈아 넣어 만든 죽을 천천히 먹을 뿐이다.

애당초 주문한 양이 많지 않았기에 그릇은 금방 바닥을 드러냈다. 마지막 한 방울까지 긁어 먹은 황천룡이 아쉬운 표정을 지으며 말했다.

"반주로 가볍게 한잔할까?"

서로의 눈치를 볼 때 유연청이 정색을 하며 말했다.

"안 돼요."

"그냥 해본 소립니다, 아가씨."

다른 사람에겐 강짜도 곧잘 놓으면서도 유연청에게만큼은 꼼짝 못 하는 황천룡이 자신의 말을 얼른 주워 담았다.

"아쉽게도 지금은 그럴 여유가 없습니다."

아침을 먹는 내내 긴장된 표정으로 앉아 있던 강와가 말했다.

"왜? 무슨 일이라도 있는 거요?"

황천룡이 물었다.

"새벽에 수라검문의 병력이 이쪽으로 급히 이동 중이라는 연락을 받았습니다. 그들의 이동속도를 감안했을 때 이제 곧 도착할 시간입니다."

형웅의 말에 황천룡이 목청을 높였다.

"미친! 밤에 움직였단 말이야? 그 새끼들은 잠도 없대?"

황천룡의 말이 끝나기도 전에 형웅이 벌떡 일어났다. 동시에 주루의 문이 박살이 나며 두 사람이 쓰러지듯 들어왔다.

피투성이가 된 채 주루로 뛰어든 사람의 얼굴을 확인한 강와가 깜짝 놀란 얼굴로 달려갔다.

"대체 무슨 일이냐?"

강와가 비틀거리며 일어나는 여인, 특급살수 청요를 부축하며 물었다.

"적이……."

청요가 떨리는 음성으로 말했다.

"벌써 도착했단 말이냐?"

"노, 노… 물들이… 괴물이……."

청요는 이해할 수 없는 몇 마디를 남기고 혼절해 버렸다.

청요와 함께 온 염호는 주루에 뛰어든 순간부터 이미 의식이 없는 상태였다.

"빨리 객실로 옮겨라. 내가 곧 올라가겠다."

강와가 달려온 수하들에게 명을 내리곤 형응에게 말했다.

"적이 도착한 모양입니다."

"들었다. 하지만 예상보다 너무 빠르잖아."

형응이 수하들에게 실려 객실로 옮겨지는 청요와 염호를 걱정스레 바라보며 물었다.

"상처는 어때?"

"둘 다 심각합니다만 목숨을 걱정할 정도는 아닌 것 같습니다."

"그나마 다행이네. 그런데 청요의 말이 무슨 뜻 같아? 분명 노물들, 괴물이라고……."

형웅이 말끝을 흐리며 몸을 돌렸다.

굳이 질문을 할 이유가 없어졌다. 압도적인 기운을 뿜어내는 존재들이 객점을 향해 빠르게 접근하는 것이 느껴졌기 때문이다.

쾅!

주루의 벽면이 터져 나가며 한 자루의 부월이 맹렬한 속도로 회전하며 날아들었다. 그 방향이 하필이면 유연청이다.

유연청은 당황하면서도 비교적 차분히 손을 뻗었다. 이화접목의 수법으로 부월을 낚아채려 함이었으나 그보다 빨리 풍월이 움직였다.

가볍게 손목을 꺾으며 부월을 잡아낸 풍월이 몸을 빙글 돌리며 부월을 던졌다.

벽을 뚫고 들어온 부월은 날아들 때보다 더욱 빠른 속도로 사라졌다.

풍월의 지도를 통해 급성장한 유연청은 그동안 갈고 닦은 실력을 발휘할 기회를 잃었다고 생각한 것인지 약간은 뾰로통한 표정을 지었다.

"유 매를 무시하려는 건 아니지만 이번엔 위험했어. 부월에 실린 힘이 보통이 아니야."

"내가 감당할 수 없었단 말이죠?"

"그래."

"고마워요."

유연청이 실망스러운 표정을 풀고 빙그레 미소 짓자 마주 웃어준 풍월이 천천히 몸을 돌렸다.

미소는 온데간데없었다.

손에 전해져 오는 느낌으로 보아 방금 전 유연청이 부월을 잡으려 했다면 큰 부상을 당했을 터였다. 그녀에게 조금씩 마음을 주고 있는 상황에서 결코 용서할 수 없는 일이었다.

객점 밖으로 나선 풍월과 일행은 예상과는 조금 다른 광경에 무척이나 당황했다.

삼백이 넘는다는 수라검문의 병력은 온데간데없고 고작 일곱의 노인들이 흉흉한 기세를 뿜어내고 있었다.

"뭐야, 저 늙은이들은. 분위기가 장난이 아니네."

황천룡이 조금은 주눅이 든 표정으로 말했다.

형응이 강와를 향해 고개를 돌리며 물었다.

"저것들은 뭐야?"

강와가 곤혹스러운 얼굴로 고개를 저었다.

가용할 수 있는 인원이 한정적이기는 해도 워낙 뛰어난 이들이기에 수라검문의 움직임은 손바닥 보듯 알고 있었다. 하지만 눈앞의 괴인들에 대해선 그 어떤 보고도 정보도 없었다.

"상관없잖아. 적이라는 것만 알면 되지."

풍월이 괴인들을 향해 걸어가며 말했다. 그의 시선은 두 자루의 부월을 쥔 노인에게 고정되어 있었다.

등운객점에서 십여 리 떨어진 곳.

밤새 길을 달려온 수라검문의 무인들이 편하게 휴식을 취하고 있었다.

"지금쯤 시작했겠군."

엽무강의 읊조림에 장요위가 조용히 대답했다.

"그렇습니다."

"어때? 이길 수 있을 것 같아?"

잠시 머뭇거리던 장요위가 고개를 저었다.

"솔직히 모르겠습니다. 제가 직접 관리를 했으니 그들이 얼마나 강한지 알고 있지만 풍월이란 자는 정말 규격 외의 인간입니다. 소문이 부풀려진 것이 아니라면 능히 천하제일인이라 불릴 만하니까요."

"천하제일인이라. 그렇긴 하지."

비꼬는 듯한 엽무강의 말투에 장요위의 안색이 확 변했다.

"죄송합니다, 문주님."

"아니, 그게 객관적인 시선일 테니까. 하지만 조만간 바뀌게 될 것이다."

엽무강이 수라마환을 쓰다듬으며 말을 이었다.

"어쨌거나 상관없다. 놈이 그것들에게 당하면 애당초 그 정도 인물밖에 되지 않는 것이고 이겨낸다고 해도 꽤나 고생을 할 터이니 놈을 제거하는 데 큰 문제는 없을 것이다."

"다만 조금 전 곽 장로가 보고한 자들이 마음에 걸립니다."

"매혼루의 살수들 말이냐?"

"예, 아직 실력을 확실히 알 수는 없으나 어느 정도 변수가 될 수는 있습니다."

"쓸데없는 걱정이다. 살수 따위는 그저 힘으로 찍어 누르면 그만일 뿐."

바위에 걸터앉아 있던 엽무강이 천천히 몸을 일으켰다.

"자, 이제 출발하자. 제때에 도착을 하려면 조금 서둘러야 할 것 같다."

"예, 문주님."

몸을 돌린 장요위가 주변이 떠나가라 소리를 질렀다.

"출발이다!"

장요위의 외침에 편히 휴식을 취하던 수라검문의 무인들이 일제히 함성을 지르며 호응했다.

"크크크! 그나저나 궁금하네. 늙은이들이 그 괴물들을 보게 되면 어찌 반응할지."

곽홍를 비롯하여 몇몇 장로들에게 시선을 준 엽무강의 얼굴엔 뱀 같은 미소가 자리하고 있었다.

꽝!

폭음과 같은 충돌음과 함께 부월을 쥔 노인이 칠 장을 날아가 처박혔다.

단 한 번의 공격으로 기세를 잡았다고 판단한 황천룡 등이 환성을 내질렀지만 정작 풍월의 표정은 밝지 않았다.

부월 노인의 실력은 나름 대단했다.

일격을 날리는 과정에서 자신을 향해 날아들던 부월의 움직임은 솔직히 대단했다.

하지만 정작 그를 놀라게 한 것은 일격을 맞고 날아가는 노인의 표정에서 조금의 고통도 느껴지지 않았다는 것이다. 가슴 어귀에 그토록 큰 자상을 당했으면서도.

'뭔가 이상한데.'

생각을 정리할 틈도 없이 사방에서 공격이 날아들었다.

노인들은 무시무시한 살기를 뿜어내며 풍월을 압박했다. 방금 전, 날아가 처박혔던 부월 노인도 어느새 합류하여 매섭게 부월을 휘둘렀다.

"야, 우리도 도와야 되는 거 아냐?"

황천룡이 팔짱을 낀 채 싸움을 지켜보는 형응에게 물었다.

"일단은 지켜보죠. 형님이 혼자 상대한다고 했으니까. 그런데 조금 이상하지 않아요?"

"뭐가?"

"저 늙은이들. 실력은 정말 대단한데 저렇게 형편없는 합공은 처음 봐요. 미친 듯이 달려드는 것이 마치 개싸움을 보는 것 같단 말이죠."

"게다가 부상 따위는 전혀 신경도 쓰지 않는 모양입니다. 투지라 생각하면 대단하지만 저건 투지가 아니라 자살행위입니다."

강와가 잔뜩 인상을 쓰며 말을 이었다.

"한데 더 놀라운 건 부상을 당해도 조금도 물러서지 않는다는 겁니다. 보이죠? 세상에 어떤 인간이 팔이 떨어져 나갔는데 지혈도 하지 않고 오히려 더 거칠게 달려들 수 있단 말입니까?"

강와의 말에 유연청이 두려운 얼굴로 고개를 끄덕였다.

"아예 고통을 느끼지 못하는 것 같아요."

저마다 심각한 얼굴로 싸움을 지켜보고 있을 때였다.

"이럴 수가!"

지금껏 한시도 전장에서 눈을 떼지 않고 있던 은혼의 입에서 경악에 가까운 비명이 터져 나왔다.

"왜? 무슨 일인데?"

황천룡이 얼른 물었다.

"저 노인, 누, 누군지 알 것 같습니다."

은혼의 음성이 덜덜 떨렸다.

"누구? 팔 잘린 늙은이?"

"예."

"누군데 그렇게 놀라는 거야?"

"망우, 수라검문의 장로입니다. 모습이 많이 바뀌긴 했지만 틀림없습니다."

"아, 그래서 저리 강했던 거군. 한데 수라검문의 장로들은 다 저런 거야? 그보다 이게 그렇게 놀랄 일이야? 수라검문 놈들하고 싸우러 왔으니까 당연히……."

"죽었다고 알려졌습니다."

"뭐?"

황천룡이 황당한 표정으로 되물었다.

"엽무강이 숙청했다고 알려진 장로입니다. 한데… 맙소사!"

누구를 본 것인지 은혼의 두 눈이 부릅떠졌다.

"또 왜?"

"태, 태상장로 양조생!"

"저자도 죽었다고 알려졌습니까?"

형웅의 물음에 은혼이 고개를 끄덕였다.

"무서운 놈이네요, 엽무강."

강와가 기가 막히다는 듯 말했다.

"무서운 놈이 아니라 더러운 놈이지. 아무리 자신의 뜻에 반해 숙청했다고 하더라도 장로라면 나름 문파의 어른들이라는 말인데 저 꼴로 만들다니."

"몸에 수작을 부린 것 같네요. 어떤 특별한 독이나 약물을 복용시켰거나."

"아마도. 그것이 아니라면 설명이 되지 않으니까."

형웅은 다리가 완전히 꺾였음에도 아랑곳하지 않고 달려드는 노인을 보며 그들이 정상이 아님을 확신했다.

"강와."

"예, 문주님."

"수라검문은 어디까지 왔지?"

"새벽의 보고 이후 아직 다른 연락은 오지 않았습니다만."

"근처에 있을 거다."

"예?"

"저 늙은이들은 버리는 패야. 우리들의 힘을 빼놓으려는 엽무강의 수작이란 말이지. 저 늙은이들이 모조리 쓰러질 즈음 모습을 드러낼 거다. 저것들이 그때를 알려주겠군."

형웅이 등운객점 곳곳에서 싸움을 살피는 자들을 힐끗 바라보며 말했다.

"제거할까요?"

"됐어. 어차피 의미 없으니까. 그보다 당장 움직일 수 있는 인원이 몇이나 되지?"

"다섯입니다. 특급살수 둘에 일급살수가 셋입니다."

"그 정도면 충분하겠군."

형응이 몸을 돌리며 말했다.

"바로 따라붙으라고 해."

"알겠습니다. 한데 어디를 가시는지요?"

강와의 물음에 형응이 차갑게 웃으며 말했다.

"저쪽에서 인사를 해왔으니 우리도 답례는 해줘야 할 것 같아서. 아, 무리할 생각은 없으니까 그런 표정은 짓지 말고. 그냥 적당히 인사만 하고 올 거다."

강와가 뭐라고 말을 하려 했지만 형응은 이미 몸을 돌린 후였다.

"후우."

강와가 고개를 절레절레 흔들었다.

적당한 인사가 될 수 없음을 알기에 그저 한숨만 흘러나올 뿐이었다.

＊　　　　＊　　　　＊

등운객점에서 남서쪽으로 이십여 리 떨어진 야산.

풍천뇌가와 적룡무가에서 은밀히 동원한 오십여 명의 무인들이 조용히 휴식을 취하고 있었다.

풍천뇌가는 장로 뇌전과 뇌극 이하, 전마대(電魔隊)에서 추린 최정예 스물을 보냈고 적룡무가에선 장로 황풍과 황찬을 필두로 승룡단(乘龍團)에서 삼십의 인원을 차출했다.

수라검문에서 풍월을 치기 위해 동원한 인원과 비교해 보면 초라할 정도였으나 전마대와 승룡단은 풍천뇌가와 적룡무가에서도 가장 강력한 전투력을 지닌 곳이었다. 그리고 그중에서 오랜 경험과 실력을 갖춘 고참들만 차출하였기에 결코 만만한 전력이 아니었다.

기괴하게 휜 소나무 밑에서 양측을 대표하는 이들이 모였다.

"지금 막 연락이 왔네. 시작되었다는군."

황풍의 말에 뇌전이 미간을 모았다.

"벌써? 수라검문이 등운객점에 도착하려면 조금 더 시간이 걸린다고 하지 않았나?"

"주력은 아니라고 하네. 선발대 정도라고 생각하면 되겠군."

"선발대? 애송이가 제정신이 아닌 모양이군. 각개격파를 당할 텐데?"

뇌전이 이해할 수 없다는 얼굴로 되물었다.

"뭔가 생각이 있겠지. 애송이긴 해도 솔직히 바보는 아니니까."

황풍이 뇌전의 방심을 경계했다.

"선발대건 뭐건 시작을 했다면 곧 본대도 도착을 하겠군."

"아마도."

"하면 우리도 서둘러야 하는 것 아닌가?"

"어차피 금방 끝날 싸움이 아니니 그리 조급해할 필요는 없네. 자칫 우리의 존재가 드러나면 양측이 어찌 반응할지 예측하기도 힘들고."

"그래선 안 되지. 이런 좋은 기회는 다시 오기 힘들 테니까."

뇌전이 크게 고개를 끄덕였다.

"어쨌든 이동을 하긴 해야 할 테니 준비를 하게. 일각 후 출발하는 것으로 하지."

"알겠네."

뇌전이 대답과 함께 몸을 돌렸다.

정확히 일각 후, 풍천뇌가와 적룡무가의 정예들이 등운객점을 향해 은밀히 이동을 시작했다.

＊　　　　＊　　　　＊

묵운이 기괴하게 움직이며 좌측에서 파고드는 노인의 가슴을 갈랐다.

뼈가 훤히 드러날 정도의 상처.

핏줄기가 허공에 솟구쳤으나 노인의 움직임은 멈추지 않았다.

노인의 검이 여전히 짓쳐들어오자 풍월의 검이 재차 움직였다.

자하성광이다.

한줄기 빛이 노인의 심장을 꿰뚫었다.

심장이 완전히 박살 난 뒤에야 노인의 움직임이 멈췄다.

비명도 없었다. 그저 쇠 긁는 소리와 같은 괴음을 흘리며 앞으로 꼬꾸라졌다.

'세 명째.'

적의 숫자가 거의 반으로 줄었다. 하지만 풍월의 표정은 그다지 밝지 않았다.

부상을 당하거나 지쳐서가 아니다. 상대의 실력이 부담되어서는 더욱 아니었다.

북해빙궁을 견제하기 위해 북해무림을 공략했던 지난 몇 달간 풍월은 이전과 비교할 수가 없을 정도로 큰 발전을 이뤘다.

북리연과의 내력 싸움을 통해 빼앗은 엄청난 음한지기를 비롯해 몸에 잠재되어 있던 기운들을 모조리 자신의 것으로 만드는 데 성공을 했고, 계속되는 격전 속에서 많은 경험과 깨달음을 얻었다.

원정을 마치고 중원으로 돌아왔을 때 천마 조사가 남긴 무공을 칠성 이상으로 익힐 수 있었다. 심지어 천마탄강 같은 경우는 팔성을 돌파했다. 과거 천마 조사가 무림을 휩쓸고 다닐 때의 성취가 구성이었음을 가정한다면 실로 엄청난 성장이 아닐 수 없었다.

그런 풍월에게 제대로 합공도 하지 못하는 노인들. 비록 특급살수 청요를 간단히 물리쳤을 만큼 무공이 강했지만 그들과의 싸움은 그다지 부담이 되지 않았다. 오히려 자신의 실력을 마음껏 확인해 볼 수 있어서 좋았다.

하지만 그것도 잠시, 노인들의 상태가 정상이 아니라는 것을 알 수 있었다.

흰자위가 거의 사라질 정도로 커다란 눈동자엔 생기가 없었다.

부상을 당해도 조금의 고통도 느끼지 못했다.

살이 갈라지고 뼈가 부러져도, 심지어 사지가 절단이 나도 그들의 입에선 미약한 신음도 흘러나오지 않았다.

죽음 따위는 조금도 거리낄 것이 없다는 듯 수비를 완전히 배제한 모든 공격은 일격 필살, 동귀어진의 수법이었다.

'대체 무슨 짓을 한 거냐? 엽무강!'

강와의 전음을 통해 자신이 상대하는 노인들이 엽무강이

숙청한 수라검문의 장로들임을, 어떤 특수한 수법에 의해 한 줌의 의지도 없는 꼭두각시로 변했음을 확인한 풍월은 분노하지 않을 수 없었다.

미칠 듯이 짜증이 솟구쳤다.

역설적으로 그 분노는 죽일 듯 달려드는 노인들에게 향했다.

천마대공의 힘이 묵뢰에 실렸다.

천마무적도 후삼초 중 하나인 천마뢰다.

거대한 묵빛 강기가 하늘로 솟구치고 천지를 뒤흔드는 뇌성벽력과 함께 인간이 만들어낸 것이라곤 도저히 믿기지 않을 가공할 위력의 뇌전이 노인들을 휩쓸었다.

정상적인 상태였다면, 산전수전을 겪으며 약육강식의 처절한 전쟁터에서 살아남아 장로의 지위까지 오른 그들이라면 눈앞의 공격이 얼마나 터무니없고 가공한지 깨달았을 것이고 대항 자체를 포기하고 즉시 몸을 피했을 것이다.

하지만 그들에게 남은 것이라곤 오로지 명에 의한 공격 본능뿐이다. 자신들의 운명이 어찌 될지는 상관없이 그저 부나비처럼 풍월을 향해 뛰어들었다.

가장 앞서 달려들던, 객점 주루의 벽을 박살 내며 싸움의 시작을 알렸던 부월의 주인이 뇌전에 직격을 당해 온몸이 갈가리 찢겨 쓰러졌다.

묵뢰가 재차 움직이자 동료의 죽음에 상관없이 괴성을 내지르며 달려들던 나머지 노인들 역시 부월을 든 노인처럼 형체도 알아보지 못할 정도로 무참히 쓰러지고 말았다.

눈 깜짝할 사이에 모든 적들을 쓸어버린 풍월의 압도적인 무위에 은밀히 싸움을 지켜보던 간자들은 경악을 넘어 극한의 공포심을 느꼈다.

특히 노인들이 이미 죽은 줄 알고 있던 장로들이라는 것에 놀라고, 그들의 실력을 누구보다 잘 알고 있는 수라검문의 간자들이 느낀 충격은 상상을 불허할 정도였다.

비단 적들만 놀란 것은 아니었다.

"미쳤네. 강해졌다는 것은 알고 있지만 설마하니 저 정도까지는⋯⋯."

중원으로 돌아와서도 풍월의 도움을 받으며 꾸준히 수련하고 있던 황천룡은 벌어진 입을 다물지 못했다.

오랜만에 풍월을 만난 강와의 놀람 역시 다르지 않았다.

"이거야 원. 저 늙은이들이 수라검문의 장로들임을 알면서도 문주께서 어째서 그렇게 태연히 이곳을 떠나셨는지 알겠습니다. 정말 대단합니다."

모두가 그렇게 놀라고 탄성을 내지르고 있을 때 풍월의 손을 떠난 묵뢰가 좌측 숲으로 사라졌다.

"크악!"

외마디 비명에 황천룡이 번개처럼 달려갔다.

"쥐새끼가 숨어 있었군."

황천룡은 허벅지에 깊숙이 박힌 묵뢰를 뽑기 위해 애쓰는 사내를 보며 비웃음을 흘렸다.

"헛지랄하지 말고 조용히 가자."

황천룡이 그의 목에 검을 겨누며 말했다.

겁에 질린 사내가 거의 기다시피 하여 수풀을 빠져나왔다.

"어디에서 온 놈이냐? 수라검문이냐?"

황천룡이 물었지만 사내는 겁에 질린 눈동자만 열심히 굴릴 뿐 입을 열지는 않았다.

황천룡이 버럭 화를 내려는 찰나, 강와가 조용히 나섰다.

강와는 아무런 말없이 사내에게 몇 가지 조치를 취했다.

반 각도 되지 않는 짧은 시간, 극한의 고통을 맛본 사내는 무엇이든지 물어봐 달라며 애걸하기 시작했다.

"자, 장난 아니외다."

황천룡이 약간은 주눅 든 얼굴로 말했다.

"추혼전주로서 몇 가지 재주를 익혔을 뿐입니다."

멋쩍은 웃음을 지은 강와가 이내 웃음을 지우고 사내를 향해 물었다.

"이름."

"호, 홍표라고 합니다."

"소속은? 수라검문이냐?"

"그, 그렇습니다. 수라검문 호위대의 부대주입니다."

홍표는 강와가 묻지 않은 것까지 줄줄이 내뱉었다.

"네가 저들을 데리고 온 것으로 안다."

풍월이 무심한 얼굴로 말했다.

"예? 예. 그, 그렇습니다."

홍표가 사지를 부르르 떨며 고개를 끄덕였다.

"저들에게 무슨 짓을 한 거냐?"

"그, 그건……."

홍표가 멈칫하자 강와가 슬쩍 한 걸음을 내디뎠다.

기겁한 홍표가 미친 듯이 입을 열었다.

죽은 줄 알았던 장로들이 뇌옥에 갇혀 있었으며 특별히 제조한 약물에 중독이 되어 있었다는 것. 약물에 중독이 되면 온전한 정신을 유지하지 못하고 특정한 대상의 명을 맹목적으로 따른다는 것과 고통을 전혀 느끼지 못한다는 것이 그가 아는 전부였다.

"그러니까 호위대에서 뇌옥을 관리했다?"

"정확히는 대주께서 따로 인원을 두고 관리하신 것으로 압니다. 제가 뇌옥의 존재에 대해 알게 된 것도 며칠 되지 않았습니다."

홍표가 강와의 눈치를 보며 대답했다.

"뇌옥에 갇혀 있는 인원이 얼마나 더 있지?"

"대충 백 명 정도 된다고 들었습니다만 장로님들처럼 강한 자들은 없는 것으로 압니다."

홍표의 대답을 듣던 황천룡이 냅다 그를 걷어찼다.

"개 같은 놈들! 백 명? 대체 얼마나 많은 사람들을 저 꼴로 만들려고."

땅바닥을 몇 바퀴나 구른 홍표는 죽을힘을 다해 다시 기어 와 무릎을 꿇었다.

황천룡이 재차 발길질을 하려 할 때 지금껏 뭔가를 곰곰이 생각하고 있던 은혼이 그의 팔을 잡았다.

"잠시만요."

"왜?"

황천룡이 신경질적으로 소리쳤지만 은혼은 이미 홍표에게 얼굴을 들이밀고 있었다.

"묵영단의 은혼이라고 한다. 몇 가지만 물어볼 것이 있다."

"마, 말씀만 하십시오."

묵영단이라는 말에 경기하듯 고개를 끄덕인 홍표는 은혼이 질문을 할 때마다 최선(?)을 다해 설명을 했다.

몇 가지 문답이 끝나고 은혼이 심각한 표정으로 몸을 일으 켰다.

"아무래도 수라검문에서 실혼인(失魂人)을 만들려고 하는 것 같습니다."

실혼인이라는 말에 강와의 낯빛이 하얗게 질렸지만 풍월이나 황천룡, 유연청 등은 별달리 반응을 보이지 않았다.

"그게 뭔데?"

황천룡이 물었다.

"말 그대로 실혼, 인간이되 인간이 아닌 규격 외의 인간. 저자들처럼 자아가 없이 명에 의해 꼭두각시처럼 움직이는 자들을 말합니다."

"그럼 뇌옥인가 뭔가 하는 곳에 갇혀 있다는 자들이……"

"예, 실혼인을 만들기 위해 가둬놓은 것을 보입니다."

"심각한 겁니까?"

풍월이 물었다.

"심각합니다. 실혼인을 만드는 것은 흡성대법처럼 무림에서 절대 금기시하는 것 중 하나지요. 그나마 저자들의 상태를 보니 완성 단계는 아닌 것 같습니다."

은혼이 갈가리 찢긴 수라검문 장로들의 시신을 가리키며 안도의 한숨을 내뱉었다.

"저자들도 자아는 없었던 같던데. 그냥 미친놈들처럼 달려들기만 하고."

황천룡이 고개를 갸웃거리며 말했다.

"단순히 자아만 없었지요. 그랬기에 실패라는 겁니다. 완벽한 실혼인은 금강불괴의 몸을 지니니까요. 단순히 고통을 느끼지 않는 수준이 아니라."

"맙소사! 금강불괴라니!"

황천룡이 입을 쩍 벌리며 경악했다.

"반드시 막아야 합니다. 수라검문에서 실혼인 제조에 성공을 하면 감당하기 힘든 일이 벌어집니다."

은혼이 풍월을 보며 간절한 어조로 말했다.

장로들의 시신을 힐끗 바라본 풍월이 강와에게 시선을 돌렸다.

"놈들이 어느 쪽에서 오고 있지요?"

"남동쪽에서 오고 있습니다만. 그건 왜 물으시는 건지요?"

강와가 조심스레 묻자 풍월이 그가 가리킨 방향으로 몸을 틀며 말했다.

"기다리려니 천불이 나서요. 마중이라는 걸 나가볼 생각입니다."

"킥!"

외마디 비명과 함께 오 척 단구의 중년 사내가 힘없이 나뒹굴었다.

"버러지 같은 놈!"

사내의 옆구리에 깊은 자상을 안겨준 엽무강이 진한 살소를 지으며 다가왔다.

매혼루 특급살수 석첨은 천천히 걸어오는 엽무강을 보며 죽음을 직감했다.

당장에라도 몸을 피하고 싶었지만 옆구리의 자상이 너무도 깊었다. 단순히 살이 갈라진 정도가 아니라 내부 장기까지 다친 듯싶었다.

'젠장!'

그저 무리의 움직임을 조금이라도 늦추는 것이 목표이니 절대로 무리하지 말라는 형웅의 말이 떠올랐다.

'하지만 그럴 수가 없었지.'

형웅과 동료들의 공격에 후미의 수하들이 연이어 목숨을 잃자 엽무강은 크게 흥분하여 날뛰었고 그 과정에서 치명적인 허점을 노출했다.

백여 번의 청부를 완벽하게 수행한 특급살수로 이만큼이나 완벽한 기회를 놓친다는 것은 있을 수 없는 일.

석첨은 형웅의 당부를 무시하고 과감하게 공격을 감행했다. 결과적으로 그의 검은 엽무강의 근처에도 이르지 못했고 오히려 치명적인 상처를 입고 말았다.

"풍월이 보냈느냐?"

"……"

"어차피 상관없다. 넌 그냥 뒈져라."

엽무강이 경멸스럽단 눈빛을 하며 검을 치켜 올렸다.

그때, 살짝 몸을 웅크리고 있던 석첨이 품에 있던 암기를 모조리 뿌렸다.

한데 목표가 엽무강이 아니었다.

석첨이 뿌린 암기들은 주변에 그를 포위하고 있던 수라검문의 무인들에게 향했다.

"쥐새끼가!"

엽무강이 암기를 막기 위해 다급히 검을 움직였지만 사방으로 뿌려진 모든 암기를 제거할 수는 없었다.

곳곳에서 터져 나오는 비명을 들으며 석첨이 만족한 미소를 지었다.

"루주, 최소한 내 몫은 했소이다."

자신의 목을 향해 날아드는 엽무강의 검을 보며 석첨은 지그시 눈을 감았다.

하나 그가 예상했던 일은 벌어지지 않았다.

석첨에게 향하던 엽무강의 검은 어느새 멈춰져 있었다.

분노로 이글거리는 눈빛은 석첨이 아니라 그의 뒤에 서 있는 형웅에게 고정되어 있었다.

수라마환을 얻고 수라마존의 무공을 대성한 후, 자신의 무공에 절대적인 자신감을 지닌 엽무강이었지만 형웅의 전신에서 흘러나오는 기세는 결코 무시하지 못할 수준이었다. 살황마존의 살예를 팔성 가까이 익힌 지금, 형응의 실력은 이전과 비교할 수 없이 날카롭고 매섭게 변했기 때문이었다.

"매혼루의 루주가 누군가 했더니 바로 네놈이었구나."

검을 거둔 엽무강이 오만한 자세로 형응을 바라보며 말했다.

형응은 별다른 대꾸 없이 석첨의 어깨에 손을 올렸다.

"쓸데없는 짓을 했어. 무리하지 말라고 그렇게 당부를 했는데."

"죄송합니다, 루주. 하지만 무리는 제가 아니라 루주가 한 것 아닙니까? 오지 말았어야 했습니다."

석첨은 자신을 구하기 위해 적진 한가운데로 뛰어든 형응에게 감사하는 한편 그의 무모함을 지적했다.

누가 뭐라 해도 살수의 미덕이자 가장 강력한 힘은 은밀함이다.

자신의 존재를 완벽하게 지웠을 때 살수로서의 존재가 빛을 발하는 것. 이렇듯 많은 적 앞에 노출되었다는 것은 살수가 지닌 절대적인 무기를 버린 것과 다름이 없었다.

"글쎄, 아마도 과거의 나라면 그랬겠지. 하지만 형님과 다니다 보니 이상한 쪽으로 물들어서 말이야. 포기가 잘 안 되네."

태연히 웃는 형응을 보며 석첨이 한숨을 내쉬었다.

"살수로선 최악의 마음가짐입니다."

"상관없어. 그리고 걱정하지 마. 여기서 죽을 일은 없을 테 니까."

형웅이 울상 짓는 석첨을 안심시키고 엽무강을 향해 한 걸음 내디뎠다.

엽무강은 형웅에게서 수라검문의 그 누구에게서도 느껴보지 못한 강력한 힘을 확인하곤 차갑게 웃었다.

"살수 따위가 제법 뛰어난 무공을 지녔구나. 네놈의 목을 가지고 풍월을 찾아가겠다."

"마음대로. 가능할지 모르겠지만."

"가능? 모가지가 떨어지고서도 그런 소리를 지껄이는 지……."

가소롭게 웃으며 말하던 엽무강이 말끝을 흐렸다.

멀리서 소음이 들려왔다.

엽무강이 딱딱하게 굳은 표정으로 몸을 돌렸다.

희미하게 들리던 소음은 이미 천둥처럼 변해 있었다.

"푸, 풍 공자님이 왔습니다."

석첨이 떨리는 음성으로 말했다.

"내가 죽을 일은 없다고 했잖아."

형웅의 말에 호응이라도 하듯 엄청난 파공성을 동반한 물체가 적진을 헤집으며 날아왔다.

눈 깜짝할 사이에 십여 명의 몸을 관통한 물체, 묵운이 조금의 힘도 잃지 않고 형웅을 향해 일직선으로 날아왔다.

석첨의 몸을 재빨리 옆구리에 낀 형웅이 때마침 날아온 묵운을 침착히 낚아챘다.

'윽!'

순간적으로 전해지는 압력에 팔이 떨어져 나갈 것 같았지만 악착같이 묵운을 잡았고 결과적으로 무사히 적진을 빠져나갈 수 있었다.

지금껏 듣도 보도 못 한 괴이한 수법.

엽무강과 그의 수하들은 묵운을 이용해 포위망을 빠져나가는 형웅과 석첨을 멍하니 바라볼 수밖에 없었다.

묵운의 도움으로 무사히 적진에서 벗어난 형웅이 재빨리 숲으로 몸을 숨겼다. 풍월을 도와야 했지만 몸이 성하지 않은 석첨을 구하는 것이 우선이었기 때문이다.

몇 차례의 암습을 성공시키고 숲에 은신하고 있던 수하들이 두 사람을 반겼다.

수하들에게 석첨을 맡긴 형웅이 몸을 돌릴 때였다.

마치 지진이라도 난 듯한 울림과 함께 거대한 폭음이 들려왔다.

"시작됐군. 모두 따라와. 우린 외곽을 흔든다."

명을 내림과 동시에 숲을 뛰쳐나가던 형웅이 갑자기 고개를 돌렸다.

"다시 한번 말해두지만 절대 무리하지 마. 부탁이나 당부가 아니라 명령이야."

천마탄강이란 희대의 호신강기를 전신에 두르고 폭풍 같은 기세로 전진하는 풍월.

그를 보는 수라검문 무인들의 눈에는 두려움과 공포, 전율과 경이로움이 어지럽게 교차했다.

단 한 번의 공격으로 무려 삼십에 가까운 인원이 목숨을 잃었다.

거대한 장소성과 함께 하늘에서 쏟아져 내린 강기의 비를 감당할 수 있는 자는 몇 되지 않았다. 그나마도 치명적인 부상을 당한 채 고통에 신음했다.

풍월이 오만한 눈빛으로 주변을 쓸어보았다.

"비켜라."

나직한 외침에 숨죽이며 그를 지켜보던 이들이 움찔했지만 아무도 비켜서거나 물러나지 않았다.

풍월은 두 번 말하지 않았다.

천마대공의 힘이 맹렬히 솟구치는 것을 느끼며 천천히 걸음을 내디뎠다.

쿵!

지축이 흔들렸다.

풍월의 전신에서 뿜어내는 압도적인 기운에 천지가 숨을 죽였다.

다시 한 걸음.

풍월의 움직임과 동시에 주변을 에워싸고 있던 수라검문 무인들의 몸 또한 들썩였다.

"크윽!"

누군가의 입에서 답답한 신음이 터져 나왔다.

그것이 시작이었다.

사방에서 신음과 비명이 동시다발적으로 들려오고 칠공에서 피를 흘리며 쓰러지는 자들이 속출했다.

"마, 막아랏! 놈을 막앗!"

누군가 필사적으로 소리쳤다. 하지만 천마군림보의 압도적인 위력 앞에 이미 완전히 주눅이 들어버린 상황이다.

누구도 움직이지 못했다. 아니, 애당초 그 기세를 감당할 수 있는 사람이 존재하지 않았다.

단 세 걸음으로 앞을 가로막고 있던 적들을 무력화시킨 풍월이 입가에 미소를 머금었다.

매혼루의 살수들을 잡고자 잠시 후미로 빠졌던 엽무강과 수라검문의 실력자들이 허겁지겁 달려오는 것이 보였다.

엽무강은 태산처럼 우뚝 선 채 수하들을 짓누르고 있는 풍월을 보며 이를 악물었다.

"정신들 차려라!"

엽무강의 사자후가 주변을 뒤흔들었다.

그것으로 충분했다.

엽무강의 사자후에 천마군림보의 위세에 눌려 있던 수라검문 무인들의 눈빛에 비로소 생기가 돌았다.

"오랜만이다, 풍월."

"그러게. 삼 년 정도밖에 시간이 흐르지 않았는데 완전히 딴사람이 되었네."

엽무강 주변을 휘감고 있는 짙은 마기를 간파한 풍월이 인상을 찌푸리며 말했다.

"너 역시 마찬가지다. 그때는 애송이에 불과했는데 어느새 천하가 주목하는 인물이 되었구나."

"애송이? 누가? 내가?"

피식 웃은 풍월이 엽무강이 차고 있는 수라마환을 가리키며 말했다.

"천마동부에서 수라마환을 얻고 질질 짜던 모습이 눈에 선한데 애송이라니 지나던 개가 웃겠네. 아, 그리고 잊었나 본데 화평연의 비무대회에서 패천궁을 대표했던 사람도 나였어. 내 입장에서 애송이는 내가 아니라 엽무강 당신이었다고."

엽무강이 발끈하여 소리치려는 순간, 풍월이 정색을 하며 말을 이었다.

"보낸 인사는 잘 받았어. 아무리 마음에 들지 않는다고 해도 어떻게 장로들을 실혼인으로 만들 생각을 했지? 참, 수라검문에서 그 장로들이 다 죽은 줄 안다면서? 몇 번을 생각해 봐도 인간의 탈을 쓰고 할 짓은 아닌데 말이지."

실혼인이라는 말에 곳곳에서 웅성거렸다. 특히 현 수뇌들의 표정이 급변하는 것이 혼자 보기 아까울 지경이다.

"어차피 뒈질 늙은이들이다. 수라검문의 영광된 미래를 위해서 희생했다고 생각하면 크게 생각할 문제도 아니지."

엽무강이 태연스레 대꾸했다. 하지만 내심만큼은 태연할 수가 없었다.

풍월이 장로들과 실혼인을 거론해서가 아니다. 그건 아무래도 좋았다. 그렇다고 한들 감히 자신의 의견에 거역할 자는 아무도 없으니까.

엽무강이 심각하게 생각하는 것은 풍월이 자신이 보낸 일곱 명의 전대 장로를 상대했음에도 조금도 피곤한 기색을 보이지 않는다는 것이다. 부상은커녕 지친 기색도 없었다.

승리를 기대한 건 아니었다.

그래도 명색이 수라검문의 장로들이었고 완벽한 실혼인으로 만드는 것은 실패했다 해도 고통을 모르는 괴물로 변한 건 틀림없었다. 해서 최소한 어느 정도의 성과는 보여줄 것이라 기대했건만… 완벽한 오산이었다.

'얼마나 강하다는 거냐?'

엽무강의 손에 자신도 모르게 힘이 들어갔다.

"영광된 미래를 위해서 실혼인을 제조한다는 건가? 무림에서 금기하고 있다는 것을 알면서도."

"신경 쓰지 않는다. 또한 네놈이 이곳에서 뒈지면 알려질 이유도 없고."

"누가 뒈질지는 두고 보면 알겠지."

"당연히 너다. 곽 장로!"

엽무강의 외침에 곽홍이 얼른 달려와 허리를 굽혔다.

"예, 문주님."

"죽여라."

"존명!"

명을 받은 곽홍이 대기하고 있던 파천단주에게 눈짓을 보내자 파천단주 이광이 목에 핏대를 세우며 소리쳤다.

"공격하랏!"

이광의 명과 동시에 수십 명의 사내들이 풍월을 향해 달려들었다.

무시한 눈길로 그들을 바라보던 풍월이 어느새 뒤로 물러나 있는 엽무강을 향해 조소를 보냈다.

"왜 피하는 거지? 내가 두렵나 본데 애꿎은 수하들만 죽이지 말고 직접 나서."

"그러니까 아직도 애송이란 소리를 듣는 거다. 네놈과 나는 입장이 달라. 나와 직접 검을 맞대고 싶으면 단계를 밟아야 한다는 말이다."

"단계 좋아하네. 차륜전(車輪戰)을 쓰겠다는 말을 굳이 포장할 필요는 없다."

노도처럼 밀려드는 적들을 바라보는 풍월의 눈빛이 점점 강렬해지기 시작했다.

"원한다면 밟아주지. 그 단계."

차갑게 읊조리며 천천히 묵뢰를 움직였다.

묵뢰에서 솟구친 묵빛 강기가 하늘마저 무너뜨릴 듯한 기세로 꿈틀거리고 풍월의 전신에서 휘몰아치는 천마대공의 강력한 힘은 전장을 지배했다.

제89장

제89장 일인합격술(一人合擊術)

"뭐라? 지금 뭐라 했느냐?"

사마용이 노한 얼굴로 물었다.

손에 들고 있던 술잔이 가루가 되어 흔적도 없이 사라졌다.

"죄송합니다."

사마조가 고개를 떨궜다.

"죄송이 문제가 아니다. 언제, 얼마나 노출이 되었다는 것이야?"

"그것이……."

사마조가 곤혹스럽단 얼굴로 말끝을 흐리자 사마용의 입에서 재차 노호성이 터져 나왔다.

"그마저도 파악이 되지 않았단 말이냐! 대체 관리를 어찌했기에 이런 일이 벌어져!"

사마용의 시선이 사마조와 더불어 외부 간자들의 관리를 거의 도맡다시피 하고 있는 십이장로 한소에게 향했다.

"자넨 뭘 하고 있었단 말인가?"

"면목 없습니다."

한소가 굳은 표정으로 고개를 숙이며 말을 이었다.

"현재까지 확인 결과, 하남과 하북 지역 간자들의 명단이 유출된 것은 확실합니다."

"다른 곳은?"

"계속 확인 중입니다만 아직까지 유출된 지역은 나오지 않았습니다."

"그나마 다행이군."

사마용의 표정이 조금은 누그러진 것 같았다.

"그리고 하남과 하북의 명단도 온전히 유출된 것이 아니라 일부만 유출된 것으로 파악하고 있습니다."

"일부만?"

"예."

"어떻게 확신하지?"

"하남과 하북의 주요 문파에서 키운 간자들의 숫자는 정확히 스물둘입니다. 하지만 현재까지 노출되거나 제거된 인원의 숫자는 열이 채 안 됩니다."

"놈들의 기만술일 수도 있다."

"그 또한 감안하고 있습니다만 아직까지 특별한 움직임이 없는 것으로 보아 기만술은 아닌 것 같습니다. 상황을 예의 주시하라 전달해 두었습니다."

"그렇다면 다행이긴 한데……."

사마용은 다른 간자들의 안전을 확신하지 못한 듯했다.

"명단이 넘어가지 않는 한 다른 이들은 무사할 것입니다. 간자들이 서로 알고 있는 경우는 거의 없고, 혹 안다고 해도 한두 명에 불과하니까요."

"자신하진 말게. 그런 자신감이 자만이 되어 이 꼴이 된 것이야."

"면목 없습니다."

한소는 사마용이 여전히 역정을 내고는 있으나 그 수위가 한결 낮아진 것을 느끼며 내심 안도를 했다.

"이번에 일을 벌인 곳이 하오문이라고 했더냐?"

사마용이 사마조에게 물었다.

"일단은 그렇게 파악하고 있습니다."

"정확히!"

"시, 십중팔구는 그렇다고 봅니다."

사마조가 움찔하며 답했다.

"박쥐 같은 놈들. 그동안 검황과의 관계를 의심하면서도 나름 쓸모가 있어서 두고 보았더니 결국 이렇게 뒤통수를 치는군. 이참에 확실하게 결론을 내야겠어. 조아야."

"예, 회주님."

사마용의 부름에 사마조가 얼른 일어나 정중히 예를 차렸다.

사마용은 편하게 불렀지만 사마조는 많은 사람들이 참석한 자리에서 그럴 수가 없었다.

"하오문 놈들을 박멸할 계획을 세워봐."

"바, 박멸입니까?"

"그래, 밑바닥에서부터 기어올라 온 놈들이라 생명력이 고래 심줄보다 강하다. 제대로 해야 할 게야."

잠시 뜸을 들인 사마조가 조심히 물었다.

"제거보다는 차라리 수족으로 거두는 것이 어떨까요?"

"하오문을 말이냐?"

"예."

"할 수 있겠느냐? 밑바닥에서 굴러먹던 놈들이 자존심은 하늘을 찌른다. 보는 눈도 많은지라 쉽지 않을 게야."

"시도는 해볼 가치가 있다고 봅니다. 여의치가 않으면 바로 제거하는 방법으로 선회하겠습니다."

가만히 사마조를 응시하던 사마용이 천천히 고개를 끄덕였다.

"원한다면 그리 해보거라. 하지만 굳이 많은 비용과 시간을 들일 필요는 없다."

"알겠습니다."

사마조가 고개를 숙이며 자리에 앉자 사마용이 곁에 앉아 있던 위지허가 건네는 술잔을 받으며 말했다.

"한창 기분 좋은 소식에 취했는데……."

단숨에 잔을 비운 사마용이 재차 술잔을 내밀며 물었다.

"그래서, 풍월과 수라검문은 언제 맞붙는다고 하더냐?"

*   *   *

눈부신 강기가 천지를 밝히고 온몸에 피 칠갑을 한 풍월이 적들을 향해 걸어갔다.

두 눈에서 뿜어져 나오는 살기, 전신에서 휘몰아치는 폭풍 앞에서 멀쩡한 사람은 아무도 없었다.

파천단주 이광 이하, 팔십 명의 대원들이 필사적으로 대항했지만 천마무적도의 무시무시한 위력은 그들의 모든 노력을 수포로 만들었다.

단 한 번의 공격에 진영이 무너졌고, 두 번째 공격에 삼분지

일 가까운 인원이 목숨을 잃었다. 세 번째 공격이 끝났을 때, 두 발을 지면에 딛고 있는 인원은 고작 일 할에 불과했다.

고작 세 번의 공격에 파천단이 괴멸한 것이다.

패천마궁과의 싸움에서, 정무련과의 싸움에서 늘 선봉에 섰고 수많은 공을 세운 파천단이 이토록 허무하게 쓰러질 줄은 아무도 생각하지 못했다.

차륜전을 통해 풍월의 힘을 빼놓으려 했던 엽무강은 두 눈을 부릅뜬 채 할 말을 잃었다.

풍월의 시선이 엽무강에게 향했다.

입가에 머금은 조소를 보는 엽무강의 눈에서 불꽃이 일었다.

우우웅!

손에 차고 있던 수라마환이 주인의 뜻에 공명하여 어느새 검으로 변해 있었다.

풍월이 엽무강을 향해 걸음을 내디뎠다.

엽무강도 이끌리듯 풍월을 향해 움직였다. 하지만 그가 몇 걸음도 채 내딛기 전에 앞을 가로막는 자들이 있었다.

"저희에게 맡겨주십시오, 문주님."

엽무강이 노한 눈길로 자신의 앞을 막는 사내를 바라보았다.

이 년 전, 수라검문을 완전히 장악한 후, 직접 키운 수라마검대 대주 검무혼이다.

"비켜라."

엽무강의 외침에 검무혼이 고개를 숙였다.

"수라마검대가 처리하겠습니다."

그의 굳은 표정에서 엽무강은 분노가 아니라 허탈감을 느꼈다.

수하들이 자신을 믿지 못하고 있었다. 정확히 말하자면 풍월이 자신보다 강하다고 판단한 것이다.

"내가 질 것 같으냐?"

"아닙니다."

검무혼이 단호히 고개를 저었다.

"한데 어째서 막는 것이냐?"

"문주님의 실력이 천하제일이라는 것을 믿고 있지만 저자 또한 강한 것은 사실입니다. 결코 쉽지 않은 싸움이라 판단했습니다."

"결국 믿지 못한다는 말이군."

엽무강이 차가운 눈빛으로 검무혼을 응시했다.

"문주님의 부상이 염려될 뿐입니다. 적룡무가와 풍천뇌가는 물론이고 많은 문파들이 본문의 자리를 노리고 있습니다. 게다가 정무련과 정의맹이라는 대적이 기회를 엿보는 상황에서 문주님께서 큰 부상이라도 당하신다면 낭패가 아닐 수 없습니다."

검무혼의 말에 엽무강이 입술을 잘근 깨물었다.

좋게 포장은 하고 있지만 결국은 자신이 수하들에게 확실한 믿음을 주지 못했다는 말이었다.

일곱 명의 장로가 풍월에게 쓰러진 것은 보지 못했지만 눈앞에서 파천단이 눈 깜짝할 사이에 초토화되는 것을 본 상황이니 어쩌면 당연한 반응이라 할 수 있었다.

엽무강은 자신이 풍월의 실력을 너무 경시하고 있었음을 뼈저리게 느껴야 했다.

숨죽이고 있던 장로들이 한마디씩 내뱉었다.

"검 대주의 말이 맞습니다."

"수라마검대라면 능히 저자를 상대할 수 있습니다."

"무리하셔선 안 됩니다."

장로들까지 나서서 수라마검대로 하여금 풍월을 상대케 하자고 주장했다.

짧게 한숨을 내뱉은 엽무강이 고개를 끄덕였다.

"피해가 클 것이다."

"수라마검대는 문주님과 수라검문을 위해 존재합니다. 문주님께서 건재하시면 그것으로 족합니다."

검무혼이 엽무강을 향해 당당히 고개를 숙여 예를 표하곤 대원들을 향해 손을 번쩍 치켜올렸다.

이미 만반의 준비를 하고 있던 수라마검대원들이 좌우로 흩어지며 풍월을 에워쌌다.

다섯 명이 하나가 되어 이뤄지는 귀검진.

귀검진 다섯이 모여 대귀검진을 이루고, 풍월을 중심으로 동서남북을 장악하고 있는 네 개의 대귀검진이 한 치의 오차도 없이 서로 교차하며 풍월을 압박했다.

대다수의 합격진이 그러하듯 귀검진 역시 자신들의 내공을 하나로 연결해서 외부로 발출하는 검진이다.

그런 검진이 무려 스무 개다. 검진과 검진 사이에서도 기운이 상통하니 중심에 갇힌 풍월이 받는 압력은 상상을 초월할 정도다. 움직이는 것은 고사하고 제대로 숨을 쉬기도 쉽지 않았다.

검무흔은 승리를 자신했다.

풍월이 제아무리 강한 실력을 지녔다고 해도 멸살진에 갇힌 이상 발악을 하다가 결국은 힘이 다해 쓰러질 것이다. 물론 엽무강의 예상대로 어느 정도 희생은 각오해야 했다.

"합!"

검무흔의 외침에 조금은 느슨하게 펼쳐져 있던 검진이 급격하게 좁혀지기 시작했다. 아직 본격적인 위력이 발휘되지 않았음에도 풍월을 향해 거대한 폭풍이 휘몰아쳤다.

사방에서 좁혀오는 검진.

전신을 휘감는 거대한 폭풍에도 풍월은 조금도 두려워하지 않았다.

"언제까지 수하들의 뒤에 숨을 생각이냐?"

풍월이 엽무강을 보며 물었다.

그를 향한 시선에선 또다시 수하들을 앞세우는 것에 대한 명백한 조롱이 느껴졌다.

"……"

"됐다. 아직 단계가 아니라는 말이겠지."

피식 웃은 풍월이 묵뢰를 비스듬히 세우고 자신을 압박하는 검진을 살폈다.

개개인의 실력이 조금 전 상대했던 파천단원들과는 차이가 컸다. 특히 각 검진을 이끄는 자들에게선 상당한 실력이 느껴졌다.

"후읍!"

풍월이 크게 심호흡을 했다. 동시에 그의 전신에서 거대한 기운이 아지랑이처럼 피어올랐다.

풍월을 에워싸고 있는 수라마검대도, 외부에서 싸움을 지켜보던 이들도 풍월의 기세가 심상치 않게 변하고 있음을 직감했다.

우우우웅!

천마대공의 막대한 내력을 한껏 담아낸 묵뢰에서 웅장한

도명이 울려 퍼졌다.

그때, 날카로운 파공성과 함께 섬전처럼 날아드는 빛줄기가 있었다.

대기를 찢어발기며 전장을 가로지른 빛줄기가 풍월의 왼손에 안착했다.

형응을 위기에서 구해낸 묵운이다.

풍월은 자신에게 묵운을 던지고 어느새 사라진 형응을 보며 가볍게 미소 지었다.

단전 한쪽에 잠들어 있던 자하신공이 운기되며 묵운에서도 검명이 터져 나왔다.

우우우웅!

좌검우도.

묵운과 묵뢰가 호응하듯 토해내는 검명과 도명.

마치 두 마리의 용이 한 개의 여의주를 물고 승천하는 것 같은 느낌에 취해 있을 때, 풍월이 천천히 묵운과 묵뢰를 움직였다.

전신에 두른 천마탄강이 그를 압박하는 기운에서 그를 굳건히 지켜냈고, 자하신공과 천마대공으로 인해 자색과 투명한 빛이 이중으로 그의 전신을 에워쌌다.

묵운에서 발출된 자색 검강이 천하를 밝히고 묵뢰에서 솟구친 묵빛 강기가 태산처럼 사해를 굽어보았다.

풍월과 가장 근접해 있던 귀검진.

수라마검대에서 가장 고참들로만 이뤄진 귀검진이 크게 흔들렸다.

대원들의 눈빛이 파르르 떨리고 낯빛이 창백해졌다.

몇몇은 이미 입에서 핏줄기가 흘러내리고 있었다.

냉정하게 상황을 지켜보던 검무흔의 입에서 명이 떨어졌다.

"퇴(退)! 진(進)! 탄(彈)!"

풍월의 기세에 숨도 쉬지 못하고 있던 귀검진이 황급히 물러나고 뒤에 있던 귀검진이 재빨리 공백을 메웠다. 동시에 좌측과 우측에서 접근한 귀검진이 풍월을 공격했다.

풍월은 물러나는 귀검진을 그냥 두고 보지 않았다.

물러나는 귀검진을 향해 묵운을 휘둘렀다.

자하열화(紫霞烈火)!

묵운에서 발출된 검강이 화염처럼 일어나 퇴각하는 귀검진을 덮쳤다.

물러나는 귀검진과 교차하여 전진하던 귀검진이 그들을 구하기 위해 움직였지만 묵뢰에서 쏟아지는 도강에 오히려 그들의 목숨이 위태로웠다.

"막아랏!"

검무흔이 다급히 외쳤다. 동시에 좌우에서 접근한 귀검진이 일제히 공격을 쏟아냈다.

그들의 공격을 피해 앞쪽으로 도약한 풍월이 재차 묵운과 묵뢰를 휘둘렀다.

자색 검강과 묵빛 도강이 하늘에서 강림했다.

꽈꽈꽈꽝!

거대한 폭음과 더불어 무지막지한 충격파가 휘몰아쳤다.

좌우, 후미에서 달려들던 귀검진이 일순간에 움직임을 멈추고 충격에 대비할 정도였다.

바닥에 널려 있던 크고 작은 돌들이 충격파에 휩쓸려 사방을 위협하고 흙먼지가 하늘 높은 줄 모르고 치솟았다.

홀로 흙먼지를 뚫고 나온 풍월이 다음 목표를 향해 움직였다.

좌측에서 다섯 자루의 검이 풍월의 요혈을 노리며 짓쳐들었다.

풍월이 나아가던 자세 그대로 묵운을 휘둘렀다.

따따따땅!

날카로운 금속성과 함께 다섯 자루의 검이 허공으로 치솟았다.

풍월을 공격한 자들이 충돌의 여파를 감당하지 못하고 비틀거리며 피를 토했다.

단순히 검을 쳐낸 것이 아니다.

천마탄강의 반탄강기가 그들의 공격을 그대로 되돌려 준 것이다.

비틀거리는 적들을 향해 묵뢰가 날아갔다.

풍뢰도법 사초, 비도풍뢰다.

주변에서 그들을 보호하기 위해 다급히 움직였지만 화살처럼 날아간 묵뢰가 다섯 명의 숨통을 끊는 데 걸린 시간은 촌각에 불과했다.

눈 깜짝할 사이에 좌측의 공격을 무력화시킨 풍월은 어느새 처음 목표했던 귀검진을 압박하고 있었다.

묵운의 끝에서 눈부신 검기가 피어올랐다.

사방으로 흩어진 검기는 어느새 매화의 형상이 되어 귀검진에 사뿐히 내려앉았다.

그러나 적들도 그냥 당하지는 않았다.

위험을 직감한 귀검진에서 곧바로 반격이 펼쳐졌다.

다섯 자루의 검이 동시에 매화를 휩쓸자 조용히 내려앉던 매화가 사방으로 흩어지며 춤을 췄다.

허공에서 춤을 추는 매화에서 향긋한 꽃 내음이 난다는 착각이 들 무렵, 흩날리는 매화를 뚫고 묵뢰가 모습을 드러냈다.

매화에 정신이 팔려 있던 자들은 가공할 속도로 짓쳐드는 묵뢰에 속수무책이었다.

가장 앞선 자가 묵뢰에 가슴이 관통당하고 그 뒤에 있던 동료마저 아랫배가 뚫렸다. 동시에 소리 없이 내려앉은 매화가 나머지 삼 인의 목숨마저 취했다.

서서히 무너져 내리는 적들 사이로 무심히 지나가던 풍월이 손을 뻗었다.

적의 단전에 박혀 있던 묵뢰가 손으로 되돌아올 때 사방에서 검이 날아들었다.

압도적인 무위, 허무하게 쓰러지는 동료의 죽음은 수라검마대에 공포와 두려움보다는 참을 수 없는 분노를 안겨주었다.

하늘 끝까지 치솟은 살기, 붉게 충혈된 눈과 꽉 다문 입술에서 반드시 풍월을 쓰러뜨리겠다는 결의가 느껴졌다.

묵운이 손으로 빨려오던 묵뢰를 후려쳤다.

풍차처럼 회전한 묵뢰가 접근하는 공격을 차단할 때 묵운이 춤을 추기 시작했다.

화산의 검은 화려하다.

각 초식마다 무수한 변초가 있어 변화막측하다. 더불어 빠르다. 그런 화산의 검법의 특징을 가장 잘 표현한 것이 이십사수매화검법이다.

풍월의 손에서 화산의 장문인조차 입을 쩍 벌릴 만큼 완벽한 매화검법이 펼쳐졌다.

자하신공의 막강한 내력을 바탕으로 펼쳐지는 매화검법은 화산의 검이 어째서 무당의 검법과 어깨를 나란히 하는지 똑똑히 보여주었다.

화려함 속에서 실초와 허초가 난무하고, 실초는 어느 순간 허초로, 허초는 실초로 변하는 등 도저히 예측할 수 없는 변화를 일으키며 적들을 혼란에 빠뜨렸다.

사방에서 피어오른 매화는 봄바람처럼 부드럽게 흩날리기도 하다가 북풍한설처럼 매섭게 몰아치기도 하고, 포근하게 어루만지다 오뉴월에 내리는 서리처럼 날카롭게 파고들기도 했다.

주변엔 시신이 쌓여가고 매화의 향긋한 내음은 어느새 비릿한 혈 향으로 바뀌었다.

묵운이 매화검법으로 시산혈해를 만들고 있을 때 묵뢰도 바삐 움직였다.

"으아악!"

"크악!"

묵뢰가 움직일 때마다 적들의 입에서 처절한 비명이 터져 나왔다.

지니고 있는 병장기는 산산이 부서져 흔적도 없이 사라지고 온몸이 갈가리 찢겨 나갔다.

고금 제일의 도법, 천마무적도는 자비가 없는 도법이다.

극강의 기운을 품은 묵뢰가 천마의 무공을 쏟아낼 때마다 적들은 변변한 대항도 하지 못하고 절명하고 말았다. 귀검진은 물론이고 천하의 그 어떤 검진도 천마무적도 앞에선 아무런 의미가 없을 것 같았다.

수라검마대를 이끌고 있는 검무흔은 눈앞에서 펼쳐지는 참상에 입을 다물 수가 없었다.

엽무강의 친위대로서 갖은 고생을 하며 형제처럼 성장한 수하들이 앞으로 펼쳐질 찬란한 미래의 영광도 누리지 못한 채 허무하게 목숨을 잃고 있었다.

싸움이 시작된 지 정확히 일 각, 그 짧은 시간 동안 벌써 삼분지 일이나 되는 인원이 목숨을 잃고 쓰러지고 귀검진 또한 무기력하게 무너진 것이다.

으드드득!

참을 수 없는 분노에 절로 이가 갈렸다.

"물러서지 마! 거리를 주면 안 된다! 포위망을 좁혀!"

검무흔이 직접 검진을 이끌며 앞으로 나섰다.

네 개의 검진이 이에 호응하며 풍월을 향해 포위망을 좁혔다.

검무흔이 검진을 이끌고 그와 매일같이 손발을 맞춘 조장들이 검진을 이끌고 합세를 하자 이전 검진과는 확연히 다른 위력을 보여주었다.

무차별적으로 학살을 감행하던 풍월의 공격도 몇 번이나 막아내는 쾌거(?)를 보여주며 모두에게 희망을 안겼다.

하지만 그 또한 부질없는 희망이다. 애당초 수준 자체가 달랐다.

우우우우우웅!

검명이 일었다.

후우우우우웅!

도명이 일었다.

청명한 검명과 웅장한 도명이 한데 어울리며 춤을 추는가 싶더니 무시무시한 검강과 도강이 풍월을 압박하는 귀검진을 향해 쏘아졌다.

화산파 최후의 비전이라는 자하검법의 자하진천멸!

천마 조사가 남긴 고금제일의 도법 천마무적도의 천마뢰!

자하신공과 천마대공의 힘이 고스란히 담긴 위력은 감히 논할 경지가 아니었다.

꽈꽈꽈꽝!

풍월의 좌측에서 접근하던 검진이 자하진천멸과 충돌하며 완벽하게 박살이 났다.

수라마검대 중에서도 나름 뛰어난 실력을 지닌 자들로 이뤄진 검진이다.

풍월의 공격이 심상치 않음을 직감하고 필사적으로 대항을 했지만 다섯 사람이 하나로 뭉쳐 펼친 반격까지 간단히 분쇄하며 짓쳐드는 자하진천멸의 위력 앞에선 속수무책이었다.

자하검법이 한 개의 검진을 흔적도 없이 날려 버리고 다른 검진마저 간단히 굴복시키고 있을 때 천마무적도가 펼쳐진 쪽의 광경은 처참 그 자체였다.

반항은 있을 수 없었다. 그저 일방적인 학살만 존재했다.

두 개의 검진이 모래성처럼 무너지고 검진에 속한 자들은 형체를 알아보기 힘들 정도로 망가진 채 널브러졌다.

검무혼이 버티고 있는 검진 또한 풍전등화의 위기 속에서 안간힘을 다해 버티고 있었으나 그 또한 무의미한 것이었다.

풍월이 재차 묵뢰를 휘두르자 마지막까지 저항을 멈추지 않았던 검무혼의 목이 허공으로 치솟고 거의 동시에 나머지 수하들 또한 모조리 목이 날아갔다.

"ㅇㅇㅇㅇ"

"괴물!"

"악마 같은 놈!"

동료의 목숨이 속절없이 끊어지는 것을 보면서도 두려움 없이 달려들던 수라마검대원들이 마침내 동요하기 시작했다.

대주 검무혼을 비롯해 수라마검대를 실질적으로 이끌고 있는 조장들과 고참들이 모조리 사라진 순간, 자신들에게 닥친 악몽 같은 현실을 제대로 직시한 것이다.

주위의 분위기가 바뀌었다는 것을 느낀 풍월이 때를 놓치지 않고 힘차게 발을 굴렀다.

쿵!

예의 천마군림보다.

효과는 바로 나타났다.

엽무강의 친위대로서 두려움이란 것을 모르며 성장하던 수라마검대원들이 공포에 질려 뒷걸음질 치기 시작했다.

"머, 멈춰! 물러서지 마라!"

수라마검대 부대주 양료가 전열이 무너지는 것을 막기 위해 필사적으로 외쳤으나 태산을 압도하는 천마군림보의 위세 앞에선 공허한 외침에 불과할 뿐이었다.

쿵!

풍월이 다시금 그들을 향해 걸음을 내딛자 죽음의 공포를 이기지 못한 수라마검대원들이 일제히 도주를 시작했다.

풍월은 움직이지 않았다.

겁에 질린 채 중구난방으로 도주하는 적을 쫓는다면 힘들이지 않고 모조리 숨통을 끊어버릴 수도 있었으나 꼬리를 내리는 적을 공격할 정도로 아량이 없지는 않았다.

정작 엉뚱한 곳에서 공격이 날아들었다.

파스스스슷.

날카로운 파공성과 함께 수십 갈래의 검기가 도주하는 이들을 쫓았다.

"크아악!"

"으아아악!"

"커흑!"

전혀 예상하지 못한 곳에서 느닷없이 날아든 공격에 십여 명의 대원들이 처절한 비명을 내뱉으며 쓰러졌다.

온몸이 갈가리 찢겨 처참히 쓰러지는 동료들의 모습에 간신히 화를 피한 나머지 대원들의 몸이 그대로 굳었다.

그들 앞에 전신에서 피어오른 마화(魔火)를 일렁거리며 분노에 몸을 떠는 엽무강이 서 있었다.

"버러지 같은 놈들!"

풍월의 기세에 밀려 퇴각하는 순간 이미 목숨을 살려줄 생각이 없었던 엽무강이 수라마환, 아니, 검으로 변한 수라마검을 휘두르며 어쩔 줄을 몰라 하는 수하들에게 달려들었다.

마구잡이로 검을 휘두르며 수하를 베어가는 엽무강.

처절한 비명과 함께 그의 전신이 수하들이 흘린 피로 젖는 것은 순식간이었다.

"하아! 하아!"

눈 깜짝할 사이에 수하들을 모조리 베어버린 엽무강이 수라마검을 비스듬히 내린 채 거친 숨을 몰아쉬었다.

엽무강 정도의 고수가 그 정도의 움직임에 숨이 찬다는 것 자체가 말이 되지 않는 것이니, 이는 그가 현재의 상황에 그만큼 당황하고 흥분했다는 것을 방증하는 것이었다.

"무, 문주님."

"멈춰!"

엽무강이 놀라 달려오는 곽홍에게 차갑게 외쳤다.

말투가 어찌나 차갑고 살벌한지 흠칫 놀란 곽홍과 뒤이어 따라오던 장로들이 그 자리에서 멈춰 섰다.

"후우!"

엽무강이 크게 숨을 내뱉었다.

거칠었던 호흡이 조금은 안정이 되고 그를 금방이라도 삼킬 것 같았던 마화의 기세도 조금은 사그라들었다.

엽무강이 천천히 주변을 둘러보았다.

무수한 시신들이 아무렇게나 널브러져 있었다. 그중에는 자신의 검에 목숨을 잃은 수하들도 있을 터. 파천단도 그렇지만 그동안 온갖 공을 들여 키운 수라마검대가 이토록 허무하게 사라질 줄은 꿈에도 생각하지 못했다.

깰 수만 있다면 억만금을 줘서라도 깨고 싶은 끔찍한 악몽이다. 어째서 상황이 이 지경까지 왔는지 이해가 되지 않았다.

'놈을 제거함으로써 마련에서 주도권을 잡으려고 한 것이 과한 욕심이었단 말인가?'

엽무강이 거칠게 고개를 저었다.

'아니, 분명 기회였다. 다시는 없을 좋은 기회.'

물론 적룡무가에서 의도적으로 꼬리를 말고 물러섰을 때부터 상당한 희생이 필요하다는 것은 알고 있었다. 그럼에도 불구하고 풍월을 제거하는 데 성공했을 때 수라검문이 얻게 될 이익이 너무도 컸기에 기꺼이 함정에 빠져주었다.

하지만 그것이 실수였다.

풍월이 얼마나 대단한 고수인지 막연히 알고는 있었으나 귀로 듣는 것과 눈으로 보는 것은 그야말로 천지 차이였다.

일곱 명의 장로들을 쓰러뜨리고, 파천단을 전멸시키고, 심지어 수라마검대마저 무너뜨렸음에도 풍월은 별다른 부상도 당한 것 같지는 않았다. 이는 엽무강이 염두에 두고 있던 풍월의 실력을 한참이나 뛰어넘는 것이었다.

'어쩌면 삼 년 전 잠시나마 놈을 보았던 것이 내 눈을 가렸을지도.'

엽무강의 얼굴이 참담하게 일그러졌다.

풍월이 천마 조사의 무공을 얻었다고 해도 수라마존의 무공을 대성하고 수라마검이라는 신병을 얻은 지금 충분히 쓰러뜨릴 수 있다는 자신감. 정확히는 자신감을 넘어선 자만심, 바로 그것이 문제였다.

"흠, 이제 단계는 다 거친 것 같은데. 아직도 더 거쳐야 할 단계가 남았으려나?"

양어깨에 묵운과 묵뢰를 턱 걸친 풍월이 여유롭게 걸어오며 물었다. 그의 말투에 담긴 조롱을 눈치 못 챌 엽무강이 아니다.

"너, 이 새끼!"

엽무강의 눈에서, 전신에서 칠흑보다 더 짙고 어두운 마화가 거세게 피어올랐다.

*　　　*　　　*

"그게 지금 무슨 소리냐? 수, 수라검문이 어찌 되었다고?"

등운객점이 아닌 다른 곳에서 싸움이 시작되었다는 소식을 접할 때만 하더라도 별다른 반응이 없던 황풍은 연이어 날아든 보고에 기겁하지 않을 수 없었다.

싸움의 양상이 그의 예상과는 전혀 다른 방향으로 흐르고 있었기 때문이다.

식솔들을 이끌고 후미에서 따라오던 뇌전도 무슨 소식을 들은 것인지 허겁지겁 달려왔다.

"어찌 된 건가?"

"정확히는 모르네. 다만 우리의 예상과는 달리 싸움이 일방적인 방향으로 흐르고 있는 모양이야."

"일방적이라면……."

"풍월을 공격했던 수라검문 놈들이 박살이 났다고 하는군. 엽무강 그 애송이가 끌고 온 병력의 삼분지 이가 날아갔다고 해."

"벌써? 싸움이 시작된 지 얼마 되지도 않았거늘."

뇌전이 어이가 없다는 얼굴로 말했다.

"우리가 단단히 착각을 한 것 같네."

"그런 것 같군."

황풍과 뇌전은 심각한 표정으로 서로를 바라보다 동시에 입을 열었다.

"만약……."

"풍월이……."

멈칫하며 입을 다무는 두 사람.

"자네가 먼저 말을 하게."

황풍이 뇌전에게 말했다.

"그러지."

고개를 끄덕인 뇌전이 입을 열었다.

"우리가 가정한 경우는 두 가지였네. 하나는 풍월이 수라검문의 공격을 감당하지 못하고 탈출할 경우. 또 하나는 수라검문에 쓰러졌을 경우."

"그랬지."

"이제 세 번째 경우를 가정해야 할 것 같네."

황풍이 무슨 말을 하려는지 알 것 같다는 표정으로 고개를 끄덕이며 말했다.

"놈이 수라검문을 박살 냈을 경우겠지. 그것도 압도적으로."

"그럴 경우 어찌해야 하나?"

"……"

뇌전의 물음에 황풍은 쉽게 대답하지 못했다.

*　　　　*　　　　*

"죽어랏!"

엽무강이 거친 외침과 함께 수라마검을 휘둘렀다.

파스스스슷!

가공할 파공성과 함께 무시무시한 검기가 풍월을 노리며 짓쳐들었다.

노도처럼 밀려드는 검기를 보며 풍월은 엽무강이 어째서 수라검문을 장악하고 마련의 권좌까지 넘보는지 알 수 있었다.

엽무강의 실력은 지금껏 만나왔던 그 어떤 고수보다 강했다. 게다가 그의 전신을 덮고 주변 공간을 장악하고 있는 마기가 예사롭지 않았다.

"하앗!"

힘찬 기합성과 함께 풍월이 묵운을 움직였다.

내디딘 발이 땅을 움푹 파고들었다.

꿈틀거리는 근육이 하체를 단단히 고정시키고, 그 힘을 바탕으로 만들어진 강력한 허리의 회전력이 엽무강이 발출한 검기를 가르는 묵운의 위력을 증대시켰다.

발목까지 움푹 파일 정도로 단단히 몸을 고정시키고 허리와 어깨의 탄력을 최대한 이용한 찌르기였기에 그 힘은 말로 표현할 수 없을 정도였다.

검기를 단숨에 무력화시킨 묵운이 엽무강의 몸까지 베어가는 순간, 그의 몸이 연기처럼 사라졌다.

잔상을 남길 정도의 가공할 속도였으나 풍월의 날카로운 눈은 엽무강을 놓치지 않았다.

묵운이 곧바로 엽무강을 쫓았다.

생각보다 그의 움직임이 빨랐다.

별다른 피해 없이 공격에서 벗어난 엽무강이 수라마검을 앞세우고 풍월의 좌측을 파고들었다.

수라마검과 하나가 된 엽무강이 풍월을 향해 빛살처럼 날아왔다.

풍월이 묵뢰를 사선으로 휘두르며 엽무강의 공격에 대적하고 묵운을 교묘하게 틀어 반격을 가했다.

날카롭게 파고드는 묵운의 움직임에 놀란 엽무강이 재빨리 방향을 틀며 검을 휘둘렀다.

섬뜩한 파공성과 함께 수라마검에서 발출된 검기가 풍월의 목을 노렸다.

풍월이 자하성광이란 초식을 사용해 엽무강의 검기를 끊어버리고 역으로 그의 단전을 향해 묵운을 찌르자 기다렸다는 듯 빠르게 몸을 튼 엽무강이 수평으로 검을 휘둘렀다.

피하기엔 늦었다고 판단한 풍월이 묵뢰를 수직으로 세워 방어했다.

꽝!

강력한 타격음과 함께 붕 뜬 풍월의 몸이 한참이나 밀려났다.

숨죽이며 싸움을 지켜보던 수라마검 진영에서 함성이 터져나왔다.

비록 큰 부상을 입힌 것은 아니나 그들은 치열한 공방에서 엽무강이 기선을 제압한 것으로 판단했다. 더불어 싸움이 시작된 이후 처음으로 수세적인 모습을 보이는 풍월의 모습에 목에 걸렸던 가시가 빠지는 듯한 시원한 기분을 느꼈다.

정작 기선을 잡은 엽무강의 표정은 좋지 않았다.

수라마검을 통해 전해지는 느낌에 아무런 감흥이 없었기 때문이다.

그의 예상대로 풍월은 전혀 타격을 받지 않았다.

옷에 묻은 먼지를 툭툭 털어내며 걸어오는 풍월의 모습에 엽무강은 이를 부득 갈았다.

수하들의 환호성에 오히려 수치심을 느낀 엽무강이 아수라 파천검법의 절초를 연속적으로 펼쳤다.

꽝! 꽝! 꽝!

격렬한 공방이 이어지고 그때마다 휘몰아친 충격파에 주변이 초토화가 되었다.

엽무강이 미칠 듯이 공격을 퍼부었지만 풍월은 조금도 당황하지 않았다.

부드러움과 강맹함을 적절히 섞어가며 폭풍처럼 들이치는 엽무강의 공격을 여유롭게 막아내며 기회가 있을 때마다 날카로운 역공으로 엽무강의 온몸에 크고 작은 부상을 안겨주었다.

엽무강은 자잘한 부상 따위에는 신경도 쓰지 않았다.

수라마검의 도움으로 인해 내력의 고갈에 대한 부담이 별로 없는 엽무강은 풍월에게 일말의 틈도 주지 않겠다는 듯 전력을 다해 공격을 이어갔다.

풍월의 완벽한 방어에 모든 공격이 무력화됨에도 엽무강은 물러서지 않았다. 오히려 더욱 날카롭고 매섭게 풍월을 몰아쳤다.

한데 어느 순간, 수세적인 위치에서 간간이 역공만 펼치던 풍월이 강력하게 반발하여 엽무강을 밀어낸 후, 나른한 음성으로 물었다.

"이게 전부인 건가?"

엽무강이 몸을 떨었다.

참을 수 없는 모멸감, 더불어 절망감이 전신을 휘감았다.

"잘 봤다. 훌륭한 무공이었어. 하지만 이제는 끝내야겠다. 아울러 누군가의 부탁도 들어줘야 하고."

"닥쳐랏!"

소리를 지른 엽무강이 풍월을 향해 다시 달려들려는 찰나, 풍월이 왼발을 힘껏 내디뎠다.

쿠쿵!

지축이 울렸다.

풍월의 무복이 미친 듯이 펄럭이며 그의 전신에서 가공할 기세가 쏟아져 나왔다. 동시에 사선으로 움직인 묵뢰의 끝에서 묵빛 강기가 쏟아져 나왔다.

천마무적도 사초, 천마염이다.

칠성을 훌쩍 넘어선 지금, 그 위력은 가히 압도적이었다.

엽무강의 얼굴이 무섭게 일그러졌다.

기세만으로도 숨통이 막혔다.

제대로 공격이 시작되지 않았음에도 쏟아지는 강기에 온몸이 갈가리 찢기는 듯한 느낌이 들었다.

절대적인 위기감을 느낀 엽무강이 전력으로 내력을 운기하기 시작했다.

수라마검에서 솟구친 마화가 수라마검은 물론이고 그의 전신을 휘감았다.

묵뢰에서 발출된 강기가 마화를 향해 쇄도했다.

탁한 기합성과 함께 엽무강이 수라마검을 휘둘렀다.

거친 소용돌이, 맹렬히 회전한 마화가 엽무강을 향해 짓쳐들던 강기를 모조리 집어삼켰다.

하지만 힘의 차이가 극명했다.

천마대공의 막강한 힘이 담긴 강기는 마화를 찢어발기며 전진했다.

강기를 막아내기 위해 필사적으로 내력을 쏟아붓는 엽무강의 모습은 처절했다.

툭툭 튀어나온 심줄, 일그러진 얼굴, 충혈된 눈, 전신의 살이 찢겨 피가 배어 나오기 시작하고 목구멍을 타고 넘어오는 울혈을 억지로 삼키기 위해 이가 부러져 나갈 정도로 입을 꽉 다물었지만 그 사이를 비집고 피가 줄줄 흘러내렸다.

풍월이 재차 묵뢰를 움직였다.

천마무적도 육초 천마환.

엽무강의 처절한 대항에도 불구하고 묵뢰에서 발출된 강환은 이미 만신창이가 된 마화의 방벽을 손쉽게 뚫어냈다.

천하를 집어삼킬 듯 강렬하게 피어났던 마화가 힘없이 사그라들고 가슴 어귀에 극통이 일었다.

"컥!"

엽무강의 입에서 외마디 비명이 터져 나왔다.

쿵!

엽무강의 신형이 앞으로 고꾸라지는 것을 무심히 바라보던 풍월이 천천히 몸을 돌렸다.

수장을 잃은 수라검문의 무인들은 어찌할 바를 몰랐다. 아직 호위대를 비롯해서 칠, 팔십 정도의 인원이 남아 있었고 장로들도 건재했지만 수라마검대의 패퇴와 엽무강의 처절한 죽음을 본 그들은 이미 전의를 상실한 상태였다.

그들을 오만하게 쏘아보던 풍월의 뇌리에 소림사에 남은 공각의 모습이 떠올랐다. 그가 있었다면 미친 듯이 날뛰며 전의를 상실한 적들의 단전을 모조리 파괴했을 터였다.

"꺼져. 죽기 싫으면."

풍월이 귀찮다는 듯 소리쳤다.

주춤거리며 어찌할 바를 몰라 하는 적들을 향해 다시금 소리를 치려 할 때였다.

뭔가 섬뜩한 느낌에 자신도 모르게 흠칫한 풍월이 몸을 홱 돌렸다.

숨통이 끊어진 줄 알았던 엽무강이 악귀처럼 인상을 쓰며 달려들고 있었다.

어찌 된 것인지 생각하기도 전, 몸이 반응했다.

섬전처럼 움직인 묵운이 엽무강의 몸을 갈랐다.

까깡!

인간의 몸에선 결코 날 수 없는 충돌음과 함께 묵운이 힘 없이 튕겨져 나왔다.

풍월의 몸이 주춤하는 사이, 엽무강이 휘두른 수라마검이 풍월의 몸에 짓쳐들었지만 어느새 움직인 묵뢰가 엽무강의 몸을 재차 후려쳤다.

"크악!"

엽무강의 입에서 고통스러운 외침이 터져 나왔다. 그것이 전부였다. 잠시 휘청거렸지만 그는 쓰러지지 않았다.

훌쩍 물러난 풍월이 믿어지지 않는다는 얼굴로 엽무강을 바라보았다.

묵운이 훑고 지나간 가슴은 물론이고 묵뢰가 후려친 옆구리도 생채기 하나 없이 멀쩡했다.

그가 아는 상식으로 이런 경우는 딱 하나뿐이었다.

"금강… 불괴?"

엽무강은 아무런 대꾸도 하지 않았다. 그저 괴성을 질러대며 달려들 뿐이었다.

풍월이 심각한 표정으로 묵운을 내질렀다.

자하통천이다.

일직선으로 뻗어나간 자색 강기가 엽무강의 심장을 그대로 강타했다.

힘을 감당하지 못한 엽무강이 삼 장이나 날아가 처박혔다.

"크으으으!"

꿈틀거리던 엽무강이 괴성을 내뱉으며 천천히 몸을 일으켰다.

"미친!"

풍월의 입에서 절로 욕설이 터져 나왔다.

자하신공의 막대한 내력을 하나의 점에 집중하여 발출하는 것이 바로 자하통천이다. 그만큼 파괴력이 컸다. 한데 집채만 한 암석마저도 뚫어버리는 가공할 위력을 지닌 공격이 한낱 인간의 피륙을 뚫지 못한 것이다.

"너, 몸에 무슨 짓을 한 거냐?"

엽무강은 풍월의 물음에 그를 향해 돌진하는 것으로 대신했다.

"제길!"

풍월이 허공으로 도약했다.

하늘 위로 곧추세운 묵뢰에서 모습을 드러낸 강기가 무려 삼 장 가까이 치솟았다.

삼 장에 이르는 도강이 엽무강의 머리 위로 내리꽂혔다.

죽은 듯 멈춰 있던 엽무강이 수라마검을 휘둘렀다.

활활 타오르는 마화가 폭발적으로 발출되며 풍월의 공격에 정면으로 맞섰다. 아수라파천검법의 절초인 수라혈폭(修羅血暴)이다.

조금 전, 펼쳤을 때와 차원이 다른 위력이었으나 풍월의 공격을 완벽하게 감당할 정도는 아니었다.

허공에 도약한 채 연이어 펼쳐지는 천마무적도의 강맹한 위력 앞에 결국 십여 장이 넘는 거리를 날아가 무참히 처박혔다.

지면에 내려선 풍월이 거친 숨을 내뱉었다.

굵은 땀방울이 볼을 타고 흘러내렸지만 풍월은 땀을 닦을 생각조차 못했다. 땅바닥에 처박힌 엽무강이 다시금 움직였기 때문이다.

"하!"

풍월이 어이가 없다는 듯 실소를 터뜨렸다.

조금 전, 엽무강을 향해 천마우, 천마염과 천마탄을 연이어 펼쳤다. 천마무적도의 성취가 칠성을 넘어선 지금 세 초식을 연이어 받아낼 상대는 천하에 없다고 해도 과언은 아닐 터. 한데 엽무강은 버텨냈다.

굳은 눈으로 엽무강을 바라보던 풍월이 그와 마찬가지로 경악을 금치 못하고 있는 수라검문의 장로들에게 고개를 돌렸다.

"이거 무슨 상황이오?"

갑작스러운 질문에 장로들은 황당하다는 듯 풍월을 바라보았다. 설마하니 자신들에게 그런 질문을 할 줄은 몰랐다는 반응이다.

하지만 그들은 아무런 말도 할 수가 없었다.

적의 질문이라 그런 것이 아니라 그들 또한 엽무강의 상태를 전혀 이해하지 못하고 있었기 때문이다.

가장 경험이 많고 나이가 많은 장로 염유만이 엽무강이 익히고 있는 아수라역혈기공과 전설의 마병으로 알려진 수라마검의 작용 때문이 아닌가 의심할 뿐이었다.

자신이 생각해도 어처구니가 없는지 풍월이 고개를 흔들었다.

"됐소. 금강불괴? 부숴 버리면 그만이니까."

제90장

격전(激戰)의 끝

"뭐 했어?"

황천룡이 슬며시 다가와 선 형웅을 힐끗 바라보며 물었다.

"딱히요. 굳이 나설 상황이 아니네요."

형웅이 어색한 웃음을 흘리며 말했다.

싸움이 본격적으로 시작되기 전만 해도 외곽에서 수라검문을 공격하여 풍월에게 운신의 폭을 넓혀주려 했지만 그것이 별 의미가 없는 일임을 금방 깨달을 수 있었다. 자신과 수하들의 역할은 적들의 움직임을 살짝 지체시키는 것으로 이미 끝난 것이다.

"고생했어요."

유연청의 격려에 형응이 가볍게 고개를 숙였다.

"한데 저거, 네가 봐도 정상 아니지?"

황천룡이 엽무강을 가리키며 물었다.

"누가 봐도요. 아까 분명히 죽었어야 했어요."

"그렇지? 도저히 이해를 할 수가 없단 말이야. 무슨 사술을 쓴 것도 아니고."

황천룡이 미간을 찌푸리며 고개를 흔들 때 은혼이 조심히 입을 열었다.

"아무래도 수라마환의 힘이 작용한 것 같네요."

모두의 시선이 은혼에게 향했다.

"수… 라마환의 힘이라니?"

황천룡이 물었다.

"엽무강이 들고 있는 검이 바로 수라마환입니다. 평소에는 손에 차고 다니는 팔찌의 형태로 있다가 주인의 의지에 따라 저렇게 검으로 변하는 것이지요."

"형체가 변한단 말이야?"

황천룡이 깜짝 놀라 되물었다.

"단순히 형체만 변화하는 것이 아닙니다. 기록에 의하면 수라마환은 시전자의 내력을 거의 두 배 가까이 증폭시키는 기능이 있다고 했습니다. 수라마존이 그토록 강했던 것은 무공자체의 강함도 있지만 수라마환이 있었기에 가능했다고 합니다."

"말도 안 돼!"

"완전 사기네."

황천룡은 물론이고 천마동부에서 염무강이 수라마환을 얻는 광경을 직접 본 형응마저 격렬하게 반응했다.

모양이 변하는 것은 알고 있었지만 수라마검에 그런 효능까지 있는지 전혀 알지 못했기 때문이다.

당시 수라마환을 놓고 패천마궁의 수뇌들이 어째서 그리 예민하게 반응했는지 비로소 이해가 되었다.

"수라마환은 그 옛날, 천마 조사께서도 인정했을 정도로 뛰어난 마병입니다."

"저토록 신비한 힘을 지닌 무기라면 천마 조사가 아니라 천마 조사 할애비라도 인정하겠다."

황천룡이 부러움이 가득한 눈으로 수라마검을 바라보았다.

"하지만 저자의 꼴을 보니 딱히 좋은 점만 있는 것은 아닌 것 같아요. 이성이 남아 있는 것 같지도 않고 전신에 일렁이는 마기도 점점 강해지는 것이, 마치 뭔가에 홀린 것 같지 않아요?"

유연청이 몇 번이나 고꾸라졌음에도 계속해서 풍월을 향해 돌진하는 염무강을 보며 걱정스러운 표정을 지었다.

황천룡이 뭐라 대꾸를 못 하자 유연청이 어색한 미소를 지으며 물었다.

"지나친 억측… 일까요?"

황천룡이 아닌 형웅의 입에서 대답이 흘러나왔다.

"아니요. 충분히 가능성이 있습니다. 어릴 적 보았던 책에 비슷한 내용이 있었지요. 신병이든 마병이든 천하에 이름을 떨칠 만한 병기엔 고유의 자아가 깃들어 있다고요. 그 자아를 어떻게 다루느냐가 무척이나 중요하다고 했습니다. 무기에 깃든 자아를 완벽하게 굴복시키면 천하에 이름을 떨칠 수 있지만 굴복시키지 못하고 도리어 잡아먹히게 되면……."

형웅이 말끝을 흐리자 은혼이 엽무강을 가리키며 말했다.

"저렇게 미치광이나 마인이 되는 것이지요."

"그러니까 뭐야. 저 병신이 수라마환에 깃든 자아에 잡아먹혔다는 거야?"

황천룡의 말에 형웅과 은혼이 동시에 고개를 끄덕였다.

"아마도요."

"이것 참… 믿을 수도, 믿지 않을 수도 없네. 하긴, 딱 꼴이 귀신 들린 것 같긴 해. 저걸 어찌 인간으로 보겠어."

황천룡은 생각만으로도 몸서리가 쳐지는지 몸을 부르르 떨었다.

"저러다 오라버니에게 무슨 일이라도 생기는 건 아닌지 모르겠어요."

유연청이 조금은 지쳐 보이는 풍월을 걱정하며 말했다.

"에이, 설마요."

"절대로요."

황천룡은 물론이고 형웅과 은혼의 입에서 동시에 대답이 터져 나왔다.

"크악!"

엽무강이 괴성을 지르며 나뒹굴었다.

몇 번이나 공격을 받고 땅바닥을 뒹굴어도 그때마다 바로 일어나 맹렬히 돌진해 오던 엽무강의 움직임이 눈에 띄게 느려졌다.

"이제 좀 아픔이 느껴지는 건가, 아니, 여전히 느끼지는 못하려나."

풍월이 비틀거리며 일어서는 엽무강을 보며 조금은 안쓰러운 얼굴로 말했다.

천천히 일어나는 엽무강은 살아 있는 인간이라고 하기엔 너무도 괴이한 모습을 하고 있었다.

반쯤 부러진 목은 오른쪽으로 살짝 기울었고 뼈마디가 모조리 부서진 왼쪽 팔은 축 늘어졌다.

부러진 갈비뼈와 쩍 벌어진 상처 사이로 내부 장기가 비집고 나오려 했다. 금강불괴라 부르기도 민망한 상태였다.

"크아아아!"

야수처럼 울부짖은 엽무강이 풍월을 향해 달려들었다.

온몸에서 마화를 발산하는 그의 모습은 더 이상 인간의 형상이라 할 수 없을 정도로 끔찍했다.

하지만 풍월은 그런 엽무강을 경시하지 않았다.

그는 엽무강이 조금씩 변화하고 있음을 정확히 인지하고 있었다.

막무가내로 달려들던 처음과는 달리 검의 움직임이 보다 날카롭고 빠르게 변한 것이 이를 증명했다.

앞으로 얼마만큼이나 변모할 수 있을지 가늠이 되질 않았다.

더 시간을 지체했다간 조금 곤란한 상황이 닥칠 수도 있다는 생각이 들었다.

심호흡을 한 풍월이 묵운을 땅에 박고 양손으로 묵뢰를 움켜쥐었다.

마화에 뒤덮이다 못해 아예 그 자체가 돼버린 엽무강을 상대함에 있어 도가의 현기를 품고 있는 자하검법은 가장 효과적으로 엽무강을 공략할 수 있는 무공이라 할 수 있었다. 하지만 그에겐 천마 조사의 무공으로 수라마존의 후예를 제거할 의무가 있었다.

천마 조사가 자신의 무공을 남기면서 딱히 원한 것은 없었으나 흡기라는 요상한 무공을 남긴 것만 보아도 자신을 배반한 제자들에 대한 원한은 여전히 남아 있었다.

천마 조사의 진전을 이은 자로서 배덕자들이 남긴 씨앗의 최후를 장식하는 데 다른 무공을 사용할 수는 없는 것이다.

우우우우웅!

웅장한 도명과 함께 묵뢰에서 뿜어져 나온 묵빛 강기가 무섭게 주변을 잠식해 들어오는 마화를 서서히 밀어내기 시작했다.

꽈꽈꽈꽈꽝!

엽무강을 완전히 잠식한 마화와 묵뢰에서 발출된 강기가 격렬하게 충돌하며 주변을 초토화시켰다.

아직 제대로 수습하지 못한 수많은 시신들과 그들이 떨어뜨린 병장기들이 충격파에 쓸려 이리저리 날아다니고, 바닥이 뒤집어지며 아무렇게나 솟구친 무수한 자갈과 그 파편이 흙먼지가 천지를 뒤덮었다.

한 치 앞도 보이지 않음에도 검을 움직이는 엽무강은 전혀 개의치 않았다.

그건 풍월 역시 마찬가지였다.

천마탄강으로 온전히 몸을 보호하고 있던 풍월은 엽무강의 움직임을 완벽하게 파악했다.

흙먼지를 뚫고 나온 강력한 강기가 풍월을 노리며 짓쳐들 었다.

"음."

재빨리 묵뢰를 틀어 공격을 막아낸 풍월의 입에서 침음이 흘러나왔다.

묵뢰를 통해 전해지는 느낌이 이전과 비교할 수가 없었다.

훨씬 빠르고 날카로우며 강맹한 위력이다.

풍월의 예상대로 엽무강은 확실히 진화하고 있었다.

엽무강이 괴성을 터뜨리며 아수라파천검법의 절초들을 연 이어 펼쳤다.

만겁파천과 혈뢰진천, 통천파황으로 이어지는 공격은 그야 말로 경천동지의 위력을 지니고 있었다.

하지만 거기까지였다.

지그시 엽무강을 응시하던 풍월이 천천히 발을 내디뎠다.

쿠웅!

가볍게 내디딘 발걸음에 지축이 흔들리고 극성으로 끌어 올린 천마대공의 힘이 폭풍처럼 몰아쳤다.

우우우웅!

천마대공의 가공할 힘이 묵뢰를 통해 구현됐다.

천마무적도 팔초 천마뢰다.

천지를 뒤흔드는 뇌성벽력과 함께 묵뢰에서 뿜어져 나온

묵빛 강기가 엽무강을 향해 일직선으로 쏘아졌다.

"끝났네."

황천룡의 단언에 아무도 토를 달지 않았다.

지금까지 엽무강이 보여준 불가사의할 정도의 생명력을 감안했을 때 다소 의외의 반응이기도 했지만 어찌 보면 당연한 것이라 할 수 있었다.

등운객점에서 이지를 잃은 채 괴물처럼 달려들던 수라검문의 전대 장로들을 모조리 쓸어버린 공격이기 때문이었다.

그들은 엽무강이 아무리 지독한 생명력을 지녔다고 해도 이번 공격까지 감당하지는 못할 것이라 확신했다.

그들의 예상대로였다.

천마뢰에 휘말린 엽무강은 소름 끼치는 괴성을 연이어 토해내며 미친 듯이 검을 휘둘렀으나 부질없는 반항에 불과했다.

천마뢰에 이어 천마강까지 연이어 펼쳐냈을 때 엽무강은 더 이상 버티지 못했다.

"끄끄끄끄끄!"

입에선 연신 괴음이 터져 나왔다.

울컥울컥 토해내는 검붉은 핏물 속에는 잘게 잘린 내장 조각이 잔뜩 섞여 있었다.

이미 기능을 상실한 왼팔은 어깨부터 흔적도 없이 사라졌고 두 다리 역시 허벅지 밑으론 존재하지 않았다.

엽무강에게 가공할 힘을 선사했던 수라마검조차 반 토막이 나버렸다.

풍월은 금방이라도 숨이 끊어질 것처럼 헐떡이고 있는 엽무강을 바라보며 잠시 갈등했다.

천마 조사의 유지대로 흡기를 이용해 내력을 흡수할까 하다가 그만두었다.

수라마검이 부러지면서 엽무강을 휘감고 있던 마화도 순식간에 사그라들었지만 제정신이 아니었던 자의 내력을 흡수한다는 것이 영 찜찜했기 때문이다.

잠시 엽무강을 바라보던 풍월이 묵뢰를 들었다. 그러고는 숨이 끊어지지 않은 채 고통에 신음하고 있는 엽무강의 심장에 묵뢰를 찔렀다.

수라마검이 부러졌기 때문인지, 아니면 몸이 한계에 온 것인지 강철처럼 단단했던 이전의 몸뚱이가 아니다.

묵뢰가 단숨에 심장을 파고들었다.

엽무강의 입에서 짐승 같은 울부짖음이 터져 나오고 퍼득거리던 몸뚱이가 이내 잠잠해졌다.

엽무강의 시신을 물끄러미 바라보던 풍월이 씁쓸한 표정으로 몸을 돌렸다.

수라검문의 무인들이 두려움 가득한 얼굴로 그를 바라보고 있었다.

문주를 잃었음에도 분노와 슬픔이 아닌 공포와 두려움만 가득한 표정. 그런 적들을 보며 풍월은 엽무강이 문주로서 그다지 사랑을 받지 못했음을 알 수 있었다.

생각해 보니 엽무강이 그토록 힘든 싸움을 하고 있을 때 몇몇 호위대를 제외하고는 그를 돕겠다고 나선 사람이 아무도 없었다.

그렇다고 딱히 불쌍하다는 생각이 들지는 않았다.

전대 장로들은 물론이고 자신에 반하는 자들을 실혼인으로 만들려는 행태를 보면 엽무강이 평소 수하들을 어찌 대했을지 뻔히 보였다.

'자업자득이지.'

동정심을 버린 풍월이 곽홍 등을 돌아보며 말했다.

"계속하겠소?"

"그, 그대로 보내주겠다는 건가?"

곽홍이 불안한 음성으로 물었다.

"싫으면 덤비고."

대답은 바로 나왔다.

"아니, 물러나겠다."

"대신 한 가지만 약속합시다."

"무엇이냐?"

곽홍이 흠칫한 표정으로 물었다.

"어지간하면 다시 보진 맙시다. 그때는 지금처럼 끝나진 않을 테니까."

"그러지."

곽홍은 즉시 대답하곤 혹여라도 마음이 바뀔까 황급히 수하들에게 손짓했다.

수라검문의 생존자들이 무거운 발걸음으로 전장에서 사라지는 것을 물끄러미 지켜보던 풍월이 좌측 숲을 향해 고개를 돌렸다.

"언제까지 그러고 있을 거지? 이쯤 했으면 알아서 기어 나와야 하는 거 아닌가?"

풍월의 일갈에도 숲은 조용했다.

"뭐, 뭐야? 뭔데?"

황천룡이 놀란 눈을 끔뻑이며 그가 응시하는 숲을 번갈아 바라보았다. 유연청과 은혼 역시 불안한 눈길로 숲을 바라보았다.

"넌 무슨 일인지……."

고개를 돌리며 묻던 황천룡이 어이가 없다는 표정을 지었다.

곁에 있어야 할 형웅의 모습이 보이지 않았다. 언제, 어떻게 움직였는지도 모르게 은밀히 사라진 것이다.

황천룡이 놀라고 있는 사이, 숲에서도 나름의 설전이 오가고 있었다.

[놈이 우리를 눈치챈 것 같소이다.]

뇌전이 다급한 눈빛으로 전음을 보냈다.

[아무래도 그런 것 같소. 허! 거리가 얼마인데…….]

전장에서 상당히 떨어진 숲이라 내심 안심하고 있던 뇌전과 황풍은 당황한 기색이 역력했다.

대략 일각 전, 풍천뇌가와 적룡무가의 정예들이 전장에 도착했다.

수라검문이 상당한 인원을 동원했음에도 풍월에게 일방적으로 밀린다는 소식을 접한 그들은 전력을 다해 이동을 했고, 때마침 벌어진 엽무강과 풍월의 대결을 지켜볼 수 있었다.

수라마환을 얻고 문주의 자리까지 차지한 엽무강은 강했다. 마련에서 그의 검을 감당할 수 있는 실력자가 과연 있을지 의심스러울 정도로 대단했다.

그런 엽무강조차 풍월에겐 상대가 되지 않았다.

연이은 격전에도 불구하고 풍월은 그야말로 압도적인 실력으로 엽무강을 찍어 눌렀다.

전혀 예상하지 못한 상황.

초토화가 된 수라검문, 패배가 임박한 엽무강의 모습에 황풍과 뇌전은 고민하지 않을 수 없었다.

그들의 목표는 풍월과 엽무강이었다.

풍월을 쓰러뜨리는 것은 패천마궁이 재기할 가능성을 원천적으로 차단하는 것이고, 엽무강을 제거하는 것은 근래 들어 크게 세력을 확장하는 수라검문의 기세를 눌러 버리는 것이다.

수라검문 정예의 대다수가 모조리 목숨을 잃고 엽무강마저 쓰러진 상황에서 수라검문의 몰락은 기정사실이 되었다.

사실상 싸움에 참여하지 않은 장로들과 호위대가 건재하다고는 해도 삼태상은 물론이고 삼태상 자리를 호시탐탐 노리는 몇몇 문파들과도 더 이상 비교가 되지 않을 터였다. 아마도 마련 내에서도 중위권 전력으로 전락할 것이 확실했다.

문제는 풍월이다.

풍월은 엽무강보다 우선적으로 제거해야 할 대상이었다.

한데 그들의 예상보다 풍월의 실력이 너무 뛰어나서 말도 안 되는 일이 벌어졌다. 애당초 논외였던, 풍월이 수라검문을 꺾는 상황이 벌어진 것이다.

그 과정에서 큰 부상을 당했다면 고민할 이유가 없었다. 수라검문을 도와 풍월을 제거하면 그만이니까. 문제는 풍월이 별다른 피해 없이 압도적으로 수라검문과 엽무강을 꺾었다는 것이다.

수라검문과 함께 풍월을 공격한다고 해도 풍월을 꺾을 수 있을 것이란 확신도 들지 않았다, 아니, 형웅을 비롯해서 조력

자들의 존재를 감안한다면 불가능에 가까웠다.

풍월을 공격하는 것이 무리라고 판단한 황풍과 뇌전은 조용히 물러나려 했다.

하지만 풍월이 그들의 존재를 간파하면서 철수 계획 또한 물거품이 되고 말았다.

[그냥 이대로 물러나는 것이 어떻겠소?]

뇌전의 전음에 황풍이 고개를 저었다.

[힘들 것 같소. 우리가 움직이는 순간, 저놈의 공격 또한 시작될 터. 애꿎은 수하들만 목숨을 잃은 것이오.]

[하면 싸우자는 것이오?]

황풍이 천천히 고개를 저었다.

[딱히 우리가 어떤 행동을 한 것은 아니니 일단 대화로 풀어봅시다.]

[대화가 통하지 않는다면?]

[⋯⋯.]

잠시 말이 없던 황풍이 몸을 일으키며 말했다.

"그때는 죽기를 각오하고 싸워야 할 것이오."

뇌전이 황급히 그의 팔을 잡으려 했으나 황풍은 이미 수풀 밖으로 모습을 드러냈다.

"빌어먹을!"

욕지거리를 내뱉은 뇌전 또한 황풍을 따라 숲을 나섰다.

양측의 수장이 풍월을 만나기 위해 움직이자 은신하고 있던 무인들 또한 호위하듯 그들의 뒤를 따랐다.

"오랜만이오, 풍 공자."

황풍이 어색한 웃음을 보이며 알은체를 했다.

'적룡무가? 게다가 저 영감은……'

풍월은 황풍 뒤에 따라오는 뇌전과 뇌극을 보고는 미간을 살짝 찌푸렸다.

애당초 수라검문과 자신을 싸우게 만든 장본인이 적룡무가라는 것을 알고 있기에 그들이 주변에 있는 것은 어쩌면 당연한 일이었다.

한데 풍천뇌가는 전혀 예상외의 등장이었다. 또한 황풍과 뇌전이 대동하고 나선 무인들의 실력이 상당했다. 수라검문의 무인들 또한 나름 정예로 보였으나 황풍과 뇌전의 뒤에 병풍처럼 서 있는 무인들과 비교해 보면 분명 손색이 있었다.

어쨌거나 웃는 낯에 침을 뱉을 수는 없었던 풍월이 나름 밝은 미소로 그들을 반겼다.

"오랜만입니다, 황 장로님. 뇌 장로님들도 반갑습니다."

"오랜만일세."

뇌전과 뇌극이 다소 불편한 표정으로 인사를 했다.

"한데 여러분이 여기까지 어인 일이십니까? 황 장로님이야 이런 상황을 이끄셨으니까 궁금해서라도 오셨겠지만 풍천뇌가의 장로님들께서도 오셨을 줄은 몰랐습니다. 그것도 이렇듯 사이좋게 나란히. 그다지 사이가 좋지 않다고 들었는데 의외네요."

웃음 속에 담긴 날카로운 추궁에 황풍과 뇌전은 서로에게 어색한 미소를 보이며 나름의 변론을 하기 시작했다.

"뭐, 우리가 의도한 것임을 부인하진 않겠네. 싸움을 붙였으니 결과를 봐야 하지 않겠나? 맞네. 자네 말대로 확인차 온 것이네."

황풍은 굳이 변명을 하지 않았다.

풍월이 솔직한 황풍의 대답에 의외라는 표정을 지을 때 뇌전의 말이 이어졌다.

"우리도 같은 이유라네. 굳이 이유를 꼽자면 엽무강이 얼마나 강한지 확인을 하고 싶었지."

"엽무강요?"

풍월이 자신이 아닌 엽무강의 실력을 알고 싶었다는 말에 조금은 자존심이 상한 얼굴로 물었다.

"자네의 실력은 이미 알고 있으니까. 모를 수가 없지. 무림을 이렇게 뒤흔들고 있는데."

"하하! 이거야 원. 믿는 사람 뒤통수만 잘 치시는 줄 알았는데 얼굴에 금칠을 하는 재주까지 있었네요."

풍월의 빈정거림에 뇌전과 뇌극의 표정이 딱딱하게 굳었다.

"말… 이 너무 심하군."

뇌전이 발끈하려는 뇌극을 애써 말리며 말했다.

"심한가요? 난 그저 사실을 말했을 뿐인데요. 무림에 다시 나왔을 때 풍천뇌가 궁주님의 뒤통수를 거하게 쳤다는 말을 듣고 제가 얼마나 놀란 줄 아십니까? 궁주님과 노가주님의 우정을 내가 아는데. 노가주님까지 제치고서 그런 일을 벌였다면서요? 참, 영감님은 잘 계십니까?"

뇌량의 안부를 물으면서도 풍월은 빈정거리는 웃음을 거두지 않았다.

"잘 계시네."

"다행이네요. 화병으로 돌아가셨으면 어쩌나 걱정했는데."

"함부로 말하지 마라!"

뇌극이 참지 못하고 버럭 소리를 질렀다.

"말했을 텐데요. 사실을 사실대로 말한 것뿐이라고."

차갑게 뇌극을 응시한 풍월이 열심히 눈동자를 굴리고 있는 황풍에게 시선을 돌렸다.

"원하는 대로 되었네요. 분수도 모르고 날뛰던 엽무강은 저세상으로 갔고 수라검문도 박살이 났으니까."

"부인할 수가 없군. 하지만 솔직히 이 정도까지는 생각하지 못했네."

"제가 당할 것이라 예상했나 보네요."

"누구라도 그렇게 생각했을 거네. 엽무강이 직접 움직이고 수라검문의 정예가 모조리 동원되었으니까."

"실망시켜 드린 것 같아서 죄송하네요."

풍월이 고개까지 살짝 숙였다.

"천만에. 솔직히 말하자면 전혀 예상 밖이긴 해도 딱히 나쁜 결과도 아니네. 옛날의 패천마궁도 그랬고, 지금의 마련도 그 어떤 곳보다 치열한 다툼을 벌이고 있으니까."

"수라검문이 치고 올라오는 것이 부담스러웠다는 말로 들립니다."

"부인하지 않겠네."

황풍은 최대한 솔직히 대답을 하며 지금의 상황을 모면하려고 했다. 그리고 풍월의 반응을 통해 어느 정도는 통했다고 여겼다.

"그런데 궁금한 것이 있습니다."

"무엇인가?"

"뭣 때문에 숲에 숨어 있었던 겁니까?"

"자네라면 얼굴을 내밀고 지켜볼 수 있겠는가? 수라검문에서도 우리가 싸움을 유도했음을 모르지 않네."

황풍이 당연하다는 듯 말했다.

"글쎄요. 딱히 그런 것 같지는 않은데요."

귀를 후비던 풍월이 손가락 끝에 묻어 나온 귓밥을 후 불며 말했다.

"수라검문, 정확히는 엽무강의 뒤통수를 치려고 했던 것 아닙니까?"

"무슨 말인가?"

황풍이 어이가 없다는 얼굴로 물었다. 하지만 풍월은 그의 눈동자가 크게 흔들렸음을 놓치지 않았다.

"내가 수라검문을 박살 내고 엽무강의 목을 날릴 줄은 예상하지 못했다고 하지만, 최소한 그냥 당하지 않을 것이라 판단했겠지. 나만 있는 것이 아니라 형응의 존재도 계산했을 테니까."

"이, 이해할 수 없는 말을 하는군."

"이해할 필요는 없고 그냥 들어보쇼."

풍월의 말투가 언제부터인지 싹 바뀌었다.

"나와 내 아우가 최후까지 발악을 하면 수라검문과 엽무강도 상처투성이가 될 것이고, 그때쯤 수라검문과 엽무강의 뒤를 칠 생각이었잖아. 안 그래?"

"말 같지도 않은 소리를!"

황풍이 불쾌한 표정을 짓자 풍월이 뇌전의 뒤에 선 무인들을 가리키며 말했다.

"풍천뇌가에서 데리고 온 자들, 전마대네. 나이대나 기세를 보니 다들 고참들이고. 뇌량 영감이 일전에 이런 말을 했어.

풍천뇌가의 진짜 힘은 전마대에서 나온다고. 가히 일당백의
고수들이라고."

풍월의 시선이 적룡무가의 무인들에게 향했다.

"적룡무가에선 승룡단의 정예를 데리고 왔네. 세가의 명운
이 걸린 일처럼 중요한 일이 아니면 어지간해선 움직이지도
않는다고 한 것 같은데. 아, 제대로 움직인 적이 있기는 했네.
삼 년 전쯤에."

풍월의 눈에서 엄청난 살기가 폭사되었다.

"철산도문을 박살 낼 때."

"음."

황풍의 입에서 묵직한 신음이 흘러나왔다.

풍월이 철산도문을 언급하는 순간, 싸움은 피할 수 없다는
것을 직감했다.

"네놈, 우리를 그냥 보낼 생각이 없었구나."

"물론이지. 궁주님까지는 상관없어. 애당초 패천마궁이란
곳이 허술하고 약하면 먹히는 곳이니까. 하지만 철산도문은
아니지."

"그놈들 또한 약해서 잡아먹힌 것이다."

황풍의 옆에 있던 황찬이 목소리를 높였다.

"그럴 수도. 그렇지만 그냥 지나칠 수 없는 입장이거든, 내
가. 할아버지를 뵐 면목도 없고."

풍월의 전신에서 막강한 기세가 퍼져 나갔다.

"원래 복수라는 게 딱히 정당한 이유가 있어서 하는 게 아니야. 그저 미안한 마음에, 그로 인해 불편한 내 마음이나 좀 편하게 하자고 하는 거지."

풍월이 황풍을 향해 묵뢰를 겨눴다.

"그런데 언제까지 그러고 있을 거냐?"

풍월의 맥락 없는 말에 황풍의 눈썹이 꿈틀댔다. 순간, 바로 옆에 있던 황찬의 입에서 단말마의 비명이 터져 나왔다.

"끄헉!"

황찬은 고통과 불신으로 점철된 표정으로 자신의 심장을 관통해 삐져나온 검날을 부여잡고는 비틀거렸다.

어느샌가 전마대의 일원으로 숨어들어 황찬의 심장에 단검을 박는 데 성공한 형웅은 좌우에 서 있던 전마대원 다섯의 목숨까지 단숨에 끊어버렸다.

뒤늦게 형웅의 존재를 눈치챈 황풍이 그를 향해 손을 뻗었다.

가볍게 피한 형웅이 곧바로 반격을 하려다 무슨 생각인지 몸을 빼 풍월의 곁으로 돌아갔다.

형웅이 황찬을 암습하며 시선을 끌자 그때까지 교묘하게 몸을 숨기고 있던 추혼전의 살수 셋도 동시에 암습을 가했다.

전마대나 승룡단의 무인들이 풍천뇌가와 적룡무가의 최정

예라고는 하나 암습을 한 살수는 추혼전의 특급살수와 일급 살수들. 게다가 풍월에게 완전히 시선을 빼앗긴 뒤였다.

그들이 동료들의 비명을 듣고 또 다른 적의 존재를 확인했을 땐 무려 일곱 명이나 목숨을 잃거나 치명상을 입고 쓰러졌다.

극도의 혼란에 빠진 적룡무가와 풍천뇌가.

그들을 향해 풍월이 차갑게 외쳤다.

"덤벼. 살아서 돌아갈 기대는 하지 말고."

제91장

해후(邂逅)

　무림에 풍운을 몰고 온 풍월.

　그의 행보에 수많은 이들이 관심을 가졌다. 특히 하남에서
북해빙궁을 물리치는 데 혁혁한 공을 세웠음에도 정무련과
예기치 못한 마찰로 인해 사이가 틀어진 풍월이 패천마궁을
향해 남하를 하고 수라검문이 이를 저지하기 위해 움직였으
니 무림의 이목은 온통 그들에게 쏠릴 수밖에 없었다.

　수많은 간자들이 주변으로 몰려들었고 그들 덕에 풍월에게
엽무강이 목숨을 잃고 수라검문이 박살이 났으며, 싸움을 지
켜보던 적룡무가와 풍천뇌가의 정예들마저 모조리 목숨을 잃

은 사건은 순식간에 전 무림으로 퍼져 나갔다.

가장 먼저 싸움의 소식을 전해들은 건 패천마궁의 궁주였다. 패천마궁의 눈이라고 할 수 있는 묵영단원 은혼이 풍월과 함께 있으니 어쩌면 당연하다 할 수 있었다.

싸움이 끝나는 것과 동시에 은혼이 날린 전서구가 힘찬 날갯짓을 했다.

늦은 밤, 패천마궁에 소식을 전했다.

"크하하하하하!"

독고유가 방이 떠나가라 웃음을 터뜨렸다.

지붕이 들썩들썩할 정도로 한참이나 이어지던 웃음은 갑작스럽게 터진 기침 때문에 비로소 멈췄다.

"정말 대단하지 않느냐?"

독고유가 소식을 전한 순후에게 물었다.

기침을 하면서 토해낸 피가 입가에 묻었지만 조금도 개의치 않았다.

"예, 대단합니다. 솔직히 많이 걱정을 했습니다만 그것이 얼마나 쓸데없는 짓이었는지 똑똑히 깨달았습니다."

순후의 기분 좋은 자책에 독고유가 껄껄 웃었다.

"믿고는 있으나 본좌 역시 조금은 걱정을 했다. 수라검문의 기세가 워낙 심상치 않아서. 하지만 군사 말대로 참으로 쓸데없는 걱정이었구나."

흥겨운 기분을 참지 못한 독고유가 문밖을 향해 외쳤다.

"술을 가져오너라."

"궁주님!"

깜짝 놀란 순후가 독고유를 불렀다.

"괜찮다. 이런 소식을 들었는데 어찌 축하주 한잔도 못 하겠느냐?"

"의원의 말을 잊으셨습니까? 궁주님께 술은 독약이나 마찬가지입니다."

순후가 걱정스럽단 얼굴로 말렸으나 독고유는 전혀 듣지 않았다.

"죽을 날을 받아놓은 본좌에게 독 따위가 대수겠느냐? 지금은 그저 흠뻑 취하고 싶구나. 하니 쓸데없는 소리 하지 말고 술을 내오너라."

독고유의 태도에서 그의 고집을 꺾을 수 없다고 여긴 순후가 한숨을 내쉬며 말했다.

"알겠습니다. 대신 몸에 무리가 가지 않을 정도로만 준비토록 하겠습니다. 그 이상은 절대로 안 됩니다."

순후의 단호한 태도에 독고유가 혀를 차며 고개를 끄덕였다.

"쯧쯧, 쓸데없는 고집하고는. 알았다. 마음대로 하여라."

술은 금방 준비가 되었지만 순후의 입김 때문인지 탁자에 올려진 술병은 딱 한 병뿐이었다.

"마시려느냐?"

독고유가 술병을 들었다.

고개를 저으려던 순후가 무슨 생각인지 잔을 들었다.

독고유가 한 잔이라도 덜 마시게 하려는 고육지책(苦肉之策)
이다.

독고유는 그런 순후의 모습에 코웃음을 쳤지만 별말 없이
술을 따라주었다.

"한데 수라검문은 그렇다 쳐도 적룡무가와 풍천뇌가 놈들
이 몰래 움직였을 줄은 생각도 못 했다. 엽무강을 노린 것이
겠지?"

"그리 판단됩니다. 은혼의 의견도 그렇습니다. 풍 공자와의
싸움이 끝난 후, 지친 틈을 타 제거하려 한 것 같습니다."

"한심한 놈들. 본좌에게 했던 식으로 뒤통수를 치려다가
이번에 아주 제대로 당했군. 모조리 죽은 것이냐?"

"예, 단 한 명의 생존자도 없습니다."

"흠, 엽무강을 제거하려 했다면 꽤나 출중한 놈들로 동원을
했을 텐데."

"승룡단과 전마대에서 고르고 골랐다고 합니다."

순간, 독고유의 눈이 살짝 커졌다.

"허! 승룡단과 전마대더냐? 크하하하하! 그놈들 꽤나 가슴

쓰리겠어."

독고유의 입에서 또 한 번 웃음이 터졌다.

한참이나 기분 좋게 웃음을 터뜨리던 독고유가 갑자기 가슴을 부여잡고 거친 숨을 내뱉었다.

"괜찮으십니까?"

순후가 황급히 부축하여 침상으로 독고유를 옮겼다. 그러고는 걱정과 약간은 책망이 섞인 눈빛으로 독고유를 바라보았다.

"너무 무리하셨습니다."

"괜찮아. 이 정도로 당장 쓰러지진 않아. 하지만 오래 버틸 자신은 없군. 군사."

"예, 궁주님."

"내가 얼마나 더 버텨야 하는 것이냐?"

흠칫 놀란 순후가 이를 악물고 말했다.

"넉넉잡고 칠 일이면 도착할 것입니다."

"칠 일이라……."

잠시 인상을 찌푸리며 뭔가를 생각하던 독고유가 쓴웃음을 지으며 말했다.

"어째 느낌이 좋지 않아. 조금 더 서둘러 보라고 해."

"알겠… 습니다."

"피곤하군."

독고유가 지친 표정으로 천천히 눈을 감았다. 그런 독고유의 모습에 순후는 피가 나도록 주먹을 꽉 움켜쥐었다.

*   *   *

적룡무가의 회의실.

세가의 수뇌들이 한데 모여 대소사를 논하는 자리이기에 늘 심각하고 진중한 분위기였으나 오늘은 달랐다.

늦은 오후에 들려온 소식에 회의실은 순식간에 연회실로 바뀌었다.

"한 잔 받으시지요, 숙부님."

황익이 좌측에 앉은 대장로 황하교에게 술을 권했다.

"숙부님의 계책 덕분에 남궁세가를 공략할 수 있었습니다."

"허허! 그게 어디 이 늙은이의 덕이랍니까. 가주께서 올바르게 판단한 덕분이지요. 애당초 병력을 남궁세가로 돌리자고 한 것은 숙입니다."

황하교가 공을 황숙에게 돌렸다.

"아닙니다, 숙부님. 전 그저 병력을 돌리는 시늉만 하자고 했을 뿐입니다. 숙부님께서 과감히 병력을 움직여 남궁세가를 치자고 하지 않으셨다면 오늘의 승리도 없었을 겁니다."

"운이 좋았을 뿐이다. 패천마궁과의 관계가 심상치 않은 상황에서 다들 우리가 진짜로 병력을 움직일 줄은 몰랐으니까. 그 바람에 남궁세가도 방심을 했고."

"운 또한 실력입니다. 그리고 그 운을 불러온 분은 숙부님이 시고요."

황익이 재차 술을 따르며 말했다.

"허허! 가주께서 이 늙은이의 얼굴에 아주 금칠을 하시는구 려. 어쨌거나 기분은 좋습니다."

단숨에 술잔을 비운 황하교가 껄껄 웃으며 말을 이었다.

"다만 아쉬운 것은 남궁세가를 멸문에 이르게 하지 못했다 는 것입니다. 제법 많은 인원이 빠져나갔어요."

"아쉽기는 하나 강남무림의 상징이라 할 수 있는 남궁세가 를 무너뜨리지 않았습니까. 나무조각 하나 남기지 않고 잿더 미로 만들었지요. 그것만 해도 큰 성과입니다. 이제 수라검문 문제만 잘 해결이 되면 마련은 본 가의 손에 들어왔다고 해도 과언은 아닐 것입니다."

황익의 자신감 넘치는 말에 다들 환호성을 지르며 술잔을 비웠다.

"참, 함께 싸운 북명천가와 마영방의 피해가 상당합니다. 특 히 선봉에 선 마영방은 거의 삼분지 이가 넘는 인원이 목숨을 잃었다는군요. 적절한 보상이나 도움을 주는 것이 좋을 듯싶 습니다."

황숙의 말에 황염이 맞장구를 쳤다.

"숙의 말이 옳습니다. 마련 전체를 아우르려면 이럴 때 적절히 손을 내밀어야 합니다. 이미 대세는 기울었지만 아군은 많으면 많을수록 좋으니까요. 특히 북명천가는 앞으로의 행보에 큰 도움을 줄 힘이 있습니다."

"당숙의 말씀이 옳습니다. 자네가 도울 방법을 찾아봐."

"알겠습니다, 형님."

황익의 명에 황숙이 기분 좋게 고개를 숙였다.

"앓던 이도 쏙 빠졌고, 이제는 풍월이란 놈과 수라검문의 애송이만 남았군. 아직 연락은 없지?"

"예, 시간상 지금쯤 전서구가 날아오고 있을 것 같습니다. 어쩌면 지금까지 싸우고 있을지 모르겠군요."

황숙의 말에 황염이 너털웃음을 지으며 말했다.

"허허! 그거야말로 좋은 소식이 아니냐. 아직까지 싸움이 끝나지 않았다면 그만큼 치열하게 싸우고 있다는 소리고, 이는 우리의 계획이 성공할 확률이 더욱 높다는 것을 의미하니까."

"당숙의 말씀이 옳습니다. 기왕지사 이 밤이 샐 때까지 싸웠으면 좋겠습니다."

황익의 농에 또 한 번 웃음이 터지고 저마다 건배를 외쳤다.

회의실 문이 벌컥 열린 것은 건배가 막 끝났을 때였다.

"아버지!"

회의실 문을 박차고 들어선 청년, 황효가 황숙을 향해 달려왔다.

그런 아들의 모습을 보며 황숙의 표정이 딱딱히 굳었다.

가문의 어른들이 모인 자리다. 아무리 급한 일이 있다고 하더라도 최소한의 예는 갖춰야 했건만 황효에게선 그런 여유를 찾아볼 수가 없었다.

황효의 평소 모습을 감안했을 때 이는 뭔가 큰일이 터졌음을 의미했다. 세가의 어른들에게 인사할 여유도 없을 만큼 당황하고 놀랄 일이.

남궁세가의 일이 해결된 지금 그 정도로 큰 문제는 오직 하나뿐이다.

'수라검문!'

벌떡 일어난 황숙이 득달같이 소리쳤다.

"전서구가 도착했느냐?"

"도착했습니다."

황효의 대답에 황숙의 표정이 더욱 일그러졌다.

"어찌 되었다더냐?"

황효가 쉽게 대답하지 못하고 머뭇거리자 이미 분위기를 파악한 황익이 그의 대답을 재촉했다.

"어서 말을 하여라. 뭐라 연락이 온 것이냐?"

"전… 멸을 당했다고 합니다."

순간, 화기애애했던 회의실의 분위기가 그대로 얼어붙었다.

"지, 지금 뭐라 했느냐? 뭐가 어찌 되었다고?"

때마침 황효와 가까이에 있던 황염이 그의 옷깃을 틀어쥐며 물었다.

"모… 조리 당했다는 연락입니다."

꽝!

황염의 주먹이 거칠게 탁자를 내려치자 두 치 두께의 탁자가 산산조각이 나 흩어졌다.

"무슨 개소리야! 말이 되는 소리를 해야지!"

황염이 황효를 잡아먹을 듯 노려보며 물었다.

"확실한 것이냐?"

"……"

"확실하냐고 물었다!"

"예."

황효의 대답은 짧았다. 하지만 그 이상 정확한 대답은 없었다.

"엽무강! 이 애송이가 감히!"

황염의 눈에서 불꽃이 일었다. 당연했다.

세가의 식솔 중 핏줄로 이어지지 않은 사람이 없다지만 승룡단을 이끌고 풍월과 엽무강을 치기 위해 움직인 장로 황찬이 그의 친동생이기 때문이었다.

그때, 황효의 입에서 그 누구도 예상치 못한 말이 흘러나왔다.

"엽무강이 아닙니다."

"엽무강이 아니라니? 그건 또 무슨 소리냐?"

황숙이 미간을 찌푸리며 되물었다.

깊이 숨을 몰아쉰 황효가 주변을 둘러보며 말했다.

"엽무강이 아니라 풍월입니다. 본 가의 무인들은 물론이고 풍천뇌가의 무인들까지 모조리 몰살시킨 사람은 엽무강이 아니라 풍월입니다."

"무슨 헛소리야! 풍월이 어떻게 그들을……."

벌컥 화를 내며 소리치던 황숙이 갑자기 입을 다물었다. 문득 하나의 가설이 떠올랐다. 백에 하나, 아니, 천에 하나 있을지 모른다고 생각했던 일이다.

"호, 혹시 수라검문도 당한 것이냐?"

"예."

"엽… 무강도?"

"그렇습니다. 수라검문의 정예들이 초토화되고 엽무강마저 풍월의 손에 목숨을 잃었습니다. 본 가와 풍천뇌가의 정예들이 당한 것은 그 이후의 일이라고 합니다."

"맙소사!"

"말도 안 돼!"

저마다 비명과도 같은 외침을 토해냈다.

엄청난 충격파가 회의실에 휘몰아쳤다.

도저히 믿기지 않는 일, 아니, 애당초 가능성이 없는 일이 벌어지고 말았다. 뭐라 말로 표현할 수 없는 충격에 아무도 입을 열지 못했다.

한참 동안이나 머리를 감싸 쥐고 있던 황익이 힘겹게 입을 열었다.

"그러니까 네 말인즉슨 풍월이란 놈이 삼백에 가까운 수라검문 무인들을 박살 내고 엽무강의 숨통마저 끊었다. 그리고 오십에 이르는 본 가와 풍천뇌가의 최정예마저 몰살을 시켰다는 것이냐?"

"그, 그렇습니다."

"이게 말이 된다고 생각하느냐?"

추궁하는 말투는 아니었다.

황익의 음성엔 허탈함과 당황, 놀람과 경악, 더불어 어떤 경의로움이 한데 뒤섞여 있었다.

"마, 말이 안 되는 일이기는 합니다만 전서구가……."

황효가 황익의 눈치를 보며 말끝을 흐렸다.

"허! 무림에 진정한 괴물이 탄생했구나."

대장로 황하교의 탄식에 회의실은 다시금 침묵에 빠져들었다.

*　　　　*　　　　*

"파천단 몰살, 수라마검대 몰살에 적룡무가의 승룡단, 풍천뇌가의 전마대 정예까지 몰살. 게다가 각 세가를 대표하는 네 명의 장로와 문주 엽무강의 죽음이라. 허허! 누가 들으면 헛소리하지 말라고 욕하겠구나. 하긴, 이렇게 직접 보고를 받고서도 믿지를 못하겠으니."

손에 든 서찰을 툭 던지는 사마용의 입에서 너털웃음이 흘러나왔다.

"웃을 때가 아닌 것 같네. 이건 정말 심각한 일이야."

위지허가 무거운 표정으로 서찰을 들었다.

"웃지 않으면? 울기라도 하란 말인가?"

"그게 아니라 뭔가 대책을 세워야 한다는 말일세. 하루가 다르게 강해지고 있네. 이대로 방치했다간 손을 대고 싶어도 도저히 손댈 수 없는 상황까지 이를 수가 있어."

과거 풍월과 직접 대결을 했던 위지허는 상상도 할 수 없는 속도로 강해지고 있는 풍월에게 경악을 금치 못하고 있었다.

"말이 쉽지. 놈이 본 회의 일에 딴지를 건 것이 하루 이틀인

해후(邂逅) 239

가. 그럼에도 딱히 대책을 세우기가 힘드니 여기까지 온 것일세."

"하면 이대로 두고만 볼 셈인가?"

"그럴 수야 없지. 하나 아직은 좋은 방법이 떠오르지 않네. 어설프게 건드렸다가 막대한 피해만 당한 것이 한두 번이 아니잖나. 솔직히 놈을 제거하기 위해 어느 정도까지 해야 하는지 감도 잘 오지 않아. 작심하고 물량 공세를 펼치면 가능하겠으나 이 중요한 순간에 무턱대고 그럴 수도 없는 상황이고."

담담히 말을 하고는 있었지만 사마용의 음성엔 답답함이 가득했다. 그 답답함이 전해졌는지 위지허가 옷깃을 풀어 헤쳤다.

"그렇기도 하군."

"놈의 얘기를 들을 때마다 미친 듯이 샘솟던 호승심도 이제는 사라져 버렸네. 아무리 용을 써봐도 감당할 수 없다는 것을 깨우친 것이지."

사마용이 쓴웃음을 지으며 앞에 놓인 술을 들이켰다. 조금 전까지만 해도 달달하게 잘 넘어가던 술이 이토록 쓰게 느껴질 줄은 몰랐다.

"어쨌거나 세 개의 머리 중 근래 들어 가장 두각을 내고 있던 머리가 날아갔습니다. 게다가 남은 두 개의 머리는 우열이 확실하지요."

사마조의 말에 무상 검우령이 물었다.

"적룡무가가 마련을 장악할 거라 생각하느냐?"

"예, 더구나 강남의 맹주라고 할 수 있는 남궁세가마저 쓰러뜨렸으니 마련 내에서 그들에게 맞설 문파는 없을 겁니다."

"따지고 보면 그자들은 운도 없어. 풍월이란 놈 때문에 남궁세가를 무너뜨리고 마련을 장악했음에도 크게 세력을 확장시키지는 못할 테니까 말이다."

검우령이 술잔을 들며 키득거렸다.

"확장은커녕 앞으로 어찌해야 할지 골머리를 썩히고 있겠지. 패천마궁이 놈에게 넘어갈 것이 확실시되는 상황이니까."

위지허의 말에 검우령이 사마조를 돌아봤다.

"패천마궁의 궁주가 놈을 부른 이유가 패천마궁을 넘겨주려는 것 맞지?"

"아직 정확한 이유는 알려져 있지는 않으나 패천마궁 내에서도 그런 의견이 대다수라고 합니다."

"그거 아니면 이유가 없잖아. 궁주의 생명이 오늘내일하는 상황에서."

검우령은 패천마궁의 궁주가 풍월에게 패천마궁을 넘겨줄 것이라 확신했다.

"녀석이 패천마궁을 손에 넣는다고 가정했을 때 마련과의 싸움은 어찌 된다고 보느냐?"

사마용이 물었다.

"현재 패천마궁의 전력은 마련에 비해 오분지 일 정도에 불과합니다. 마련이 남궁세가를 필두로 하는 정무련과 싸움을 하지 않고 패천마궁에 집중을 했다면 한참 전에 무너졌을 겁니다. 하지만 풍월이 패천마궁을 장악한다면 그 전력 차는 큰 의미가 없다고 봅니다."

"녀석이 아무리 강하다고 해도 그건 아니지. 남궁세가를 무너뜨렸으니 마련도 전력을 다해 패천마궁을 상대할 수 있는데. 물론 정의맹이 뒤를 치지 않는다는 가정하에서 말이야."

정의맹을 언급하는 검우령의 입가에 웃음이 살짝 걸렸다.

"풍월 그자의 힘이 그만큼 강하다는 뜻입니다. 더군다나 그는 천마의 무공을 익힌, 사실상 후계자나 다름없습니다. 패천마궁과 마련의 뿌리가 어디에서 시작됐는지를 감안했을 때 문제는 더욱 심각해집니다."

"흠, 마련에서 그에게 동조하는 자가 나올 수도 있다는 말이냐?"

위지허가 물었다.

"나올 수 있는 것이 아니라 필연적으로 그렇게 됩니다. 제가 확인한바, 삼태상의 위세에 눌려서 그렇지, 언제든지 기회만 된다면 지금도 패천마궁으로 복귀하려는 문파가 꽤나 많습니다."

"그 기회가 풍월이다?"

"예, 수라검문을 사실상 혼자 박살 내는 압도적인 무력에 명분까지 쥐었으니 그가 패천마궁을 얻는다면 많은 문파들이 마련을 이탈하여 패천마궁, 아니, 풍월 그자에게 복종할 것이라 봅니다."

사마조의 단언에 분위기가 살짝 가라앉았다.

"전력이 비등할 것이라 말은 해도 네 표정은 패천마궁이 승리할 것처럼 보이는구나."

사마용의 말에 사마조가 당연하다는 듯 고개를 끄덕였다.

"예, 그리될 것으로 봅니다."

"천마동부가 열리고 팔대마존의 무공을 비롯해 과거에 실전되었던 무공들이 패천마궁과 마련의 각 문파에 전해졌다. 삼 년이란 시간이 흘렀으니 그 힘이 폭발할 때가 되었을 터. 패천마궁과 마련의 힘이 하나가 되면 과거의 패천마궁보다 더욱 강한 세력이 될 것이다. 우리의 대업을 위해서라도 그런 세력은 절대 용납할 수 없는데 어찌 막아야 하느냐?"

사마용의 물음에 이미 생각을 하고 있다는 듯 사마조의 입이 곧바로 열렸다.

"그를 고립시켜야 합니다."

"고립이라."

사마용은 물론이고 위지허도 이해가 잘 되지 않는다는 표정으로 고개를 갸웃거렸다.

"소림사에서 벌어진 일로 일 단계는 성공을 하였습니다만 아직은 부족합니다. 정, 사, 마 모든 곳에서 철저하게 외면을 받도록 만들어야 합니다."

"소림사의 일을 거론하는 것을 보니까 흡성대법 건을 더 키울 생각이구나."

검우령의 말에 사마조가 고개를 끄덕이며 말했다.

"맞습니다. 북해빙궁을 퇴각시키는 엄청난 공을 세웠음에도 큰 불화가 생겼습니다. 사실상 불씨는 완벽하게 지펴졌지요."

"하나 놈을 공격했던 자들이 우리 사람이라는 것이 밝혀지며 상황이 조금 애매하게 되었잖아."

"그렇긴 합니다만 양측에 쉽게 봉합될 수 없는 불신이 생겼습니다. 특히 풍월의 입장에서 느낀 배신감은 상당했을 겁니다."

"그렇겠지."

검우령이 당연하다는 얼굴로 말하며 술잔을 들었다.

"정무련에서 포문을 열었으니 이번엔 정의맹에서 이 일을 공론화해야 합니다."

"정의맹에서?"

위지허가 눈을 동그랗게 뜨며 물었다.

"예, 정무련은 이미 그에게 많은 도움도 받고 또 사사로이

엮인 곳도 많아서 더 이상 일을 크게 만들기는 쉽지 않을 겁니다. 하지만 정의맹은 다르지요. 제대로 여론을 만들어야 합니다."

"정의맹의 세력이 크게 확장을 하기는 했어도 그래도 아직은 정무련에 비하면 부족해. 정무련에서 입을 다문다면 쉽지는 않을 것이다."

"아니요. 그리 어렵지는 않을 것입니다. 고작 몇 년 전만 해도 패천마궁은 정파라 자칭하는 자들의 가장 큰 적이었습니다. 한데 흡성대법을 익힌 자가 그런 패천마궁의 수장이 되었다는 건 그들로서도 쉽게 넘길 수 없는 일입니다. 예전이라면 무림이 발칵 뒤집혔을 겁니다."

사마조가 차분히 설명을 했으나 위지허는 상당히 회의적이었다.

"그 정도로 되겠느냐? 따지고 보면 과거의 패천마궁 궁주는 언제나 무림의 공적이었다."

"정파라 자칭하는 자들의 공적이겠지요. 하지만 이번엔 다릅니다. 정의맹은 물론이고 마련에서도 풍월을 무림공적으로 지목할 테니까요."

순간, 위지허는 물론이고 사마용과 검우령의 표정이 크게 흔들렸다.

"설마 마련과 정의맹이 손을 잡도록 만들겠다는 말이냐?"

사마용이 어이없는 얼굴로 물었다.

"예, 마련과 정의맹이 손을 잡고 풍월을, 패천마궁을 무림공적으로 지목하면 정무련도 쉽게 외면하지는 못할 터. 종내에는 마련과 정의맹, 정무련이 연합하여 패천마궁을 치게 만들 것입니다. 참고로 이 일은 풍월이 패천마궁을 완전히 손에 넣고 힘을 극대화시키기 전에 최대한 빨리 이뤄져야 합니다."

"마련과 정의맹이 놈을 무림공적으로 지목하게 하는 것은 어렵지 않은 일이다. 하지만 그것으로 모든 이들을 납득시킬 수는 없다. 놈의 지난 행보를 감안했을 때 결코 쉽지 않아."

"그렇게 만들면 됩니다."

"어떻게?"

검우령이 끼어들었다.

"마련이나 정무련, 정의맹 그 어느 곳도 패천마궁의 힘이 강해지는 것을 원하지 않습니다. 그런 상황에서 때로는 진실된 행동과 말보다는 사소하나마 거짓된 증거가 더 강한 힘을 발휘하는 법이지요."

말을 마치고 천천히 술잔을 드는 사마조의 눈빛은 그 어느 때보다 자신감이 넘치고 있었다.

*　　　　*　　　　*

격전을 치른 풍월과 그 일행은 제대로 휴식도 취하지 못하고 길을 서둘렀다. 궁주의 상태가 심상치 않다고 여긴 군사 순후가 하루가 멀다 하고 전서구를 띄워 길을 독촉했기 때문이다.

계림까지 오는 과정에서 마련에 속한 몇몇 세력과 조우했으나 큰 싸움이 벌어지진 않았다. 급한 와중에도 풍월은 싸움을 피할 생각이 없었지만 수라검문이 어찌 되었는지 알고 있던 이들이 아예 꽁무니를 빼고 도망쳐 버린 것이다.

밤낮을 가리지 않고 달린 풍월 일행이 패천마궁이 새롭게 둥지를 튼 계림에 도착한 것은 싸움이 끝난 지 정확히 닷새가 지났을 때였다.

풍월의 도착이 임박했다는 소식에 궁 밖에 나와 서성거리고 있던 순후가 멀리서 다가오는 풍월과 일행을 발견하곤 황급히 달려왔다.

"어서 오게."

설마하니 다른 사람도 아니고 패천마궁의 군사가 마중을 나올 것이라 생각을 하지 못했던 풍월이 놀랍고 반가운 얼굴로 고개를 숙였다.

"오랜만입니다, 군사."

"반갑네. 정말 반가워."

순후가 풍월의 손을 마주 잡았다.

"군사님을 뵙습니다."

은혼이 얼른 무릎을 꿇고 예를 차렸다.

"네가 고생 많았다."

"아, 아닙니다."

은혼이 머리를 조아릴 때 순후의 시선은 이미 풍월에게 향해 있었다.

"자, 가세. 궁주님께서 기다리시네."

자신의 손을 거의 끌다시피 하는 순후를 보며 풍월의 표정이 절로 굳어졌다. 비록 오랜 세월을 봐온 것은 아니나 지금처럼 다급한 모습은 본 적이 없었다. 심지어 천마동부 앞에서 적들의 포위망에 갇혔을 때도 이 정도까지는 아니었다.

"그렇게 안 좋으신 겁니까?"

흠칫 걸음을 멈춘 순후가 풍월을 잠시 바라보다 무겁게 고개를 끄덕였다.

말이 필요 없었다.

"가시죠."

길도 모르는 풍월이 냅다 달리기 시작했다.

눈 깜짝할 사이에 거대한 연무장을 가로지르자 절벽에 가려 보이지 않던 수많은 건물들이 나타났다. 반역을 도모한 적들에게 쫓겨 와 새롭게 구축한 곳임에도 규모가 상당했다.

한참이나 건물과 건물 사이를 달린 풍월과 순후의 걸음이 멈춘 곳은 별다른 특징 없이 여타 건물들과 다름없이 지어진 전각 앞이었다.

풍월은 바람을 타고 전해지는 짙은 약 향, 게다가 주변에서 느껴지는 수많은 이들의 기척을 통해 궁주의 처소에 도착했음을 직감했다.

풍월이 고개를 돌려 순후를 바라보았다. 순후가 고개를 끄덕였다.

심호흡을 한 풍월이 안으로 걸음을 내디딜 때였다. 순후가 그의 팔을 잡으며 조용히 말했다.

"궁주님의 모습이 예전과 많이 다르시네. 너무 놀라지는 말게."

순후의 음성이 살짝 떨렸다.

나름 평정심을 유지하려고 노력하는 모습이 역력했으나 처연한 표정만큼은 감추지를 못했다.

풍월은 자신의 팔을 잡은 순후의 손을 툭툭 쳐주곤 문을 열었다.

조금 전과는 비교도 할 수 없을 정도로 진한 약 향이 전해졌다. 그 약 향 속에 견디기 힘든 역한 내음이 코를 찔러왔다.

실내는 꽤나 어두웠지만 살짝 열린 창문을 비집고 들어선 빛줄기 하나가 침상을 비추고 있었다.

그 침상 위, 패천마궁의 궁주 마존 독고유가 비스듬히 누워 있었다.

"왔느냐?"

담담함에 반가움이 실린 음성이 들려왔다.

풍월은 쉽게 대답할 수가 없었다.

침상에 누워 있는 독고유는 그가 알고 있는 사람이 아니었다.

산송장이라고 해도 과언이 아닐 정도로 상태가 좋지 않았다.

뼈만 남은 몸, 피부는 말라비틀어졌고 얼굴엔 검버섯이 가득한 것이 생기라곤 조금도 느껴지지 않았다.

순후가 어째서 놀라지 말라고 했는지 그 이유를 알 것 같았다.

"놀랐느냐?"

독고유가 엷은 미소를 지으며 물었다. 그러고 보니 목소리마저 그렇게 탁할 수가 없었다.

"많이요. 몸이 좋지 않으시다는 말은 들었지만 이 정도일 줄은 생각하지 못했습니다."

"진즉에 가야 했던 몸이다. 간신히 숨만 붙어 있는 것이지. 하지만 이젠 정말 가야 할 때가 되었구나."

"치료 방법은 없는 겁니까?"

풍월이 방구석에 서 있는 순후를 돌아보며 물었다.

순후는 침묵으로 답을 대신했다.

"방법이 있다면 이런 꼴로 지내지는 않았겠지. 수라검문의 애송이 놈이 들고 있던 마검이 심장을 꿰뚫는 순간, 노부의 운명은 그것으로 끝난 것이었다."

수라검문의 애송이라는 말에 풍월의 눈동자가 번뜩였다.

"엽무강에게 당하신 겁니까?"

"당시 본좌를 공격했던 놈들이 어디 한둘이겠느냐만 본좌의 가슴에 이런 상처를 안긴 것은 놈이 맞다."

독고유가 가슴팍의 상처를 보여 주었다.

삼 년이 훌쩍 지났음에도 상처에선 아직도 진물이 흐르고 있었다.

"어째서 상처가……."

풍월이 어이가 없다는 얼굴로 상처와 독고유의 얼굴을 번갈아 보았다. 상식적으로 이해가 안 가는 일이었다.

"놈이 들고 있는 수라마검은 보통의 검이 아니다. 요상한 힘도 있고. 덕분에 이 꼴이 되었구나. 참, 네가 놈의 숨통을 끊어버렸다고 들었다."

"예."

"수라마검이 선택한 놈이라 쉽지는 않았을 텐데 용케도 해냈구나."

"갑자기 미쳐 날뛰어서 조금 당황하기는 했어도 크게 어렵지는 않았습니다. 명색이 천마 조사의 무공을 이었는데 마겁 따위에 정신이 홀린 놈에게 애를 먹을 수야 없지요."

"광오한 놈! 듣는 사람 기분 나쁘게 하는 재주는 여전해."

"사실이니까요."

풍월이 어깨를 으쓱거리며 말했다.

"그래, 틀린 말은 아니지. 천마 조사님의 무공이라……."

가만히 읊조리던 독고유가 갑자기 기침을 해댔다.

입에서 쏟아지는 피로 인해 입고 있던 의복이며 침상의 이 부자리가 피로 범벅이 되었다.

풍월이 당황하는 사이 순후가 달려와 독고유를 살폈다.

한참 만에 기침을 멈춘 독고유가 순후에게 물러나라 손짓 하며 말했다.

"얘기를 해줄 수 있겠느냐? 전해지는 소문으로 대충 듣기는 했지만 네게 정확히 듣고 싶구나."

"괜찮으시겠어요?"

풍월이 걱정스럽단 표정으로 물었다.

"괜찮다. 본좌의 명줄이 얼마 남지 않기는 했어도 네 얘기 를 들어줄 시간은 충분하다. 어서 말을 해보거라."

풍월이 슬쩍 순후를 돌아보았다. 순후가 미미하게 고개를 끄덕였다.

"흠, 개천회 놈들의 공격을 피해 천마동부에 갇혔을 때의 상황부터 시작하면 되겠네요. 그러니까……."

풍월의 이야기는 꽤나 길었다.

짧게 줄이고 싶었지만 독고유가 그걸 원하지 않았다. 특히 도화원에 도착하여 천마 조사의 유해를 만나고, 천마 조사와 제자들의 비화를 들을 땐 몇 번이고 탄성을 터뜨렸다. 독고유에 대한 걱정으로 마음을 졸이고 있는 순후 역시 풍월의 이야기에 흠뻑 빠질 정도였다.

"천마성이 그토록 쉽게 와해된 이유가 거기에 있었구나. 제자들의 반역이라니……."

독고유가 씁쓸한 얼굴로 말했다.

자신의 상황과 비슷해서 그런지 더욱 감정이입이 되는 것 같았다.

"한데 모르셨습니까? 패천마궁은 패천마존의 후예들이 세운 것으로 압니다만."

"막연히 짐작은 했으나 정확히는 알지 못했다. 아무튼 그래서, 어떻게 천마 조사님의 무공을 얻었느냐?"

독고유의 재촉으로 잠시 끊겼던 이야기가 이어졌다.

풍월은 천마 조사의 무공을 얻고 삼 년 동안 머물렀던 도하원의 생활을 비교적 자세히 늘어놓았다.

"…해서 빠져나올 수 있었습니다. 그 이후의 일은 아시죠? 당령, 그 계집의 이야기도."

"그래, 들었다. 이번에 당가의 주인이 되었다더구나."

"그러게요. 뻔한 거짓말에 속는 걸 보니 당가도 미쳐 돌아가는 것 같아요."

"속았다기보다는 상황이 그렇게 만든 것이겠지. 그 계집아이가 천하의 잡년이기는 하나 어쨌거나 만독마존의 무공을 이었고 당가를 위기에서 구한 것도 사실이니까."

"당가를 위기에서 구했는지, 아니면 헤어날 수 없는 구렁텅이로 밀어 넣은 것인지는 두고 봐야 될 겁니다."

풍월이 얼굴 가득 비웃음을 흘리며 말했다.

독고유와 순후는 풍월의 말투에서 당령에 대한 풍월의 감정을 제대로 느낄 수 있었다.

풍월의 이야기는 천마 조사의 무공을 얻고 도화원을 빠져나오는 것으로 끝나지 않았다.

독고유는 소문으로만 전해진 풍월의 행보에도 무척 많은 관심을 가졌다. 풍월은 어쩔 수 없이 지금까지의 그가 겪고 행한 일들을 최대한 간추려 설명을 해줬다.

독고유는 단 한마디도 놓치지 않겠다는 듯 집중했다. 특히 북해빙궁과의 싸움에 크게 관심을 보였는데, 풍월이 장백파를 쓸어버리고 이후 그들을 추격해 온 추격대마저 쓰러뜨리는 대목에선 크게 웃음을 터뜨릴 정도였다.

"…도착한 것이죠. 수라검문과 부딪친 이후에는 딱히 덤비는 놈이 없더라고요."

길고 긴 이야기가 끝났다.

목이 마른지 풍월이 고개를 돌려 물을 찾자 순후가 기다렸다는 듯 차를 따라줬다.

"다른 것은 모르겠지만 흡기, 아니, 흡성대법을 익혔다는 것은 네 발목을 잡을 것이다. 개천회나 북해빙궁의 일이 아니었다면 그렇게 쉽게 넘어가지는 않았을 게야. 아마 정무련 전체가 들고일어났겠지."

독고유가 걱정스럽단 표정으로 말했다.

"마음대로 하라고 해요. 누가 누구의 발목을 잡게 되는 것인지는 두고 보면 알겠지요."

풍월의 자신만만한 태도에 독고유가 웃음을 터뜨렸다.

"오만하기는! 하긴, 그래서 본좌가 너를 좋아하는 것이지. 또한 이리 다급히 부른 것이고."

독고유의 음성이 갑자기 진지해졌다.

죽음을 앞둔 지금, 천하를 좌지우지했던 절대자로서의 위엄을 느낄 수 있는 오직 단 하나, 대해처럼 깊고 투명한 눈빛이 더욱 진해졌다.

"본좌가 너를 부른 이유는 이미 알 것이다."

모르면 바보다. 장백산을 떠나오면서 공각, 구양봉과도 그 문제로 꽤나 오랫동안 이야기를 나누기도 했다.

"짐작은 하고 있습니다."

"하면 얘기가 쉽겠구나."

독고유가 풍월의 얼굴을 똑바로 직시하며 말했다.

"본좌는 네게 패천마궁을 주려고 한다. 받겠느냐?"

"그러죠."

풍월은 생각할 것도 없다는 듯 순순히 고개를 끄덕였다. 그런 반응에 오히려 놀란 것은 독고유와 순후였다.

"그, 그렇게 쉽게?"

독고유가 당황하여 반문했다.

"원하신 거 아닙니까?"

"그, 그렇기는 하다만 네가 이렇게 쉽게 결정을 내릴 줄은 몰랐다. 어찌 설득해야 할지 꽤나 고심을 했거늘."

"쉽게 내린 결정은 아닌데요. 제법 오랜 시간 고민하여 결정한 겁니다."

"그렇다면 다행이고."

독고유가 약간은 맥이 빠진 얼굴로 고개를 끄덕였다.

"이유를 물어도 되겠나? 오랫동안 지켜본 것은 아니나 자네 성향상 거절할 것이라고 생각했는데. 최소한 쉽게 승낙할 것이라고는 여기지 못했네."

순후가 물었다.

"그랬나요?"

태연히 되묻는 풍월의 뇌리에 과거 구양봉이 그에게 했던 말이 떠올랐다.

"준다면 무조건 먹어. 딴생각할 것도 없어. 배가 터져도 먹어. 썩어도 준치라고 패천마궁이 저리 쪼그라들었어도 그 저력은 여전히 남아 있다. 이쪽하고 관계가 틀어진 이상 너도 세력을 가지고 있어야 돼. 상황이 여의치 않아. 지금은 어쩔 수 없이 눈을 감고는 있지만 무림이 안정되면 언젠가는 반드시 문제삼을 거다. 하지만 네가 패천마궁을 쥐고 있다면 결코 함부로 못 하지. 궁주가 쓰러지고 나면 패천마궁은 마련에게 잡아먹힌다. 아직도 힘을 숨기고 있는 개천회 놈들을 생각하면 패천마궁은 반드시 건재해야 해. 그러니까 네가 먹어. 먹어서 제대로 키워봐."

따지고 보면 정무련에 속한 개방의 후개가 할 말은 아니다.

풍월은 침을 튀기며 열변을 토하던 구양봉의 모습을 떠올리며 자신도 모르게 웃음을 터뜨렸다.

"왜 웃는 것인가?"

순후가 영문을 모르겠다는 표정을 짓자 풍월이 웃음을 지우지 못한 채 대답했다.

"궁주께서 패천마궁을 주신다면 배가 터지더라도 먹으라는 사람이 있어서요."

"흠, 후개인가?"

순후의 말에 풍월은 깜짝 놀랐다.

"어떻게 아셨습니까?"

"자네 주변에서 그런 충고를 할 사람이야 뻔하지. 후개 아니면 제갈세가의 가주. 하지만 오는 길에 제갈가를 방문하지는 않았으니까 후개뿐이지."

"그렇군요. 한데 제가 원한다고 받을 수는 있는 것입니까? 패천마궁에도 아직 많은 문파들이 남아 있다고 들었습니다. 그들이 반발하지 말라는 법은 없는데요."

"어떤 놈들이 감히!"

버럭 목청을 높이던 독고유가 이내 씁쓸한 표정을 지으며 말을 이었다.

"그럴 만한 놈들은 이미 등을 보이고 나갔다."

순후가 곧바로 말을 받았다.

"내부적으로 아예 없지는 않을 걸세. 조금은 불만을 품을 수도 있겠지. 하지만 생각보다 큰 반발은 없을 걸세. 수라검문을 홀로 쓸어버린 무력에 누가 감히 반기를 들겠나. 궁주님께서 자네를 지목하신 데다가 천마 조사님의 유지까지 이었으니 누구보다 명분은 확실하지."

"명분 따위는 필요 없다. 오로지 실력이야. 네가 실력이 있으니까 되는 거다. 군사."

"예, 궁주님."

"시간 끌 것 없이 바로 공표를 해."

"알겠습니다."

순후가 허리를 굽혀 명을 받았다.

잠시 숨을 몰아쉬던 독고유가 풍월에게 말했다.

"피곤할 텐데 이만 가서 쉬거라."

"저는 괜찮습니다."

"네 꼴을 보고 말을 해라. 목욕도 좀 하고 옷도 갈아입고. 그런 꼴로 다른 이들을 볼 수는 없지 않으냐?"

"아!"

풍월은 아차 싶은 얼굴로 자신의 몰골을 돌아보았다.

은혼의 성화로 워낙 길을 서두르다 보니 제대로 씻지도 못하고 달려왔다. 온몸이 꾀죄죄하고 옷에는 먼지가 뽀얗게 내려앉았다. 심지어 옷 곳곳에는 핏자국도 남아 있었다.

"알겠습니다."

"방을 나가면 안내하는 자들이 있을 걸세."

순후의 말에 풍월이 고개를 숙여 인사를 했다.

"그럼 쉬세요. 잠시 후에 뵙겠습니다."

독고유는 달리 대답하지 않고 손을 들어 가볍게 손짓했다.

풍월이 물러난 후, 독고유가 긴 숨을 내뱉으며 말했다.

"생각보다 일이 쉽게 풀렸구나. 놈이 받아들이지 않으면 어찌 설득을 해야 하는지 고민을 했건만."

독고유의 웃음에 순후도 마주 웃었다.

"예, 너무 쉽게 승낙하는 바람에 오히려 당황했습니다."

"제 놈도 여러모로 생각하는 것이 있었겠지."

"의형인 후개의 충고가 영향을 많이 끼친 것 같습니다."

"그래, 어쨌건 잘됐어. 놈이 패천마궁을 맡아준다면 더 이상 바랄 것이 없다. 안심하고 눈을 감을 수 있겠어."

"궁주님……."

"그런 표정 할 것 없다. 어차피 갈 사람은 가야 하는 것이 자연의 이치. 지금까지 버틴 것만 해도 기적이야. 녀석을 보고 죽을 수 있어서 얼마나 다행인지."

독고유가 손을 뻗자 순후가 얼른 찻물을 챙겨왔다.

천천히 찻잔을 비운 독고유가 조용히 읊조렸다.

"이제 한 가지 일만 마무리를 하면 되겠군."

제92장

패천마궁(覇天魔宮)을 얻다

　풍월이 간단히 목욕을 마치고 옷을 갈아입었을 때 그를 찾아온 손님이 있었다.

　"소, 소사숙!"

　방문을 열고 들어선 사내가 그 자리에서 무릎을 꿇었다.

　고개를 숙이고 어깨를 들썩이는 것을 보아 눈물을 흘리는 것 같았다.

　풍월이 당황한 표정으로 미간을 찌푸렸다. 갑자기 자신을 찾아온 사내가 누군지 알아보지 못했기 때문이다.

　'소사숙?'

자신을 소사숙이라 부를 수 있는 사람은 딱 두 곳의 사람들뿐이었다.

'화산파의 제자가 이곳에 있을 리는 없으니 철산도문?'

풍월은 여전히 고개를 숙인 채 한참이나 눈물을 흘리다 천천히 고개를 드는 사내의 얼굴을 자세히 바라보았다.

산발한 머리는 어깨를 덮었고 꽤나 거친 삶을 산 것인지 얼굴엔 온갖 흉터와 상처가 가득했다. 근래에 부상을 당했는지 아직 낫지 않은 상처가 상당했다.

풍월이 고개를 갸웃거렸다.

자신의 기억이 틀리지 않는다면 철산도문에 저런 얼굴을 가진 사람은 없었다.

"소사숙! 얼마나 기다렸는지 모릅니다."

사내가 다시금 울먹이며 머리를 조아렸다.

익숙한 목소리에 뇌리 깊숙이 잠자고 있던 기억의 편린이 깨어났다.

"설마 조… 무룡?"

"예, 못난 죄인 조무룡입니다, 소사숙."

"맙소사!"

풍월은 자신을 조무룡이라 밝힌 사내를 보며 입을 쩍 벌렸다.

그의 기억에 남아 있는 철산도문의 장문 제자 조무룡은 이런 몰골이 아니었다.

뒤를 돌아보게 만들 정도의 미남이라고는 할 수 없었으나 그래도 꽤나 반반한 얼굴에 사내다움까지 지닌 청년이었다. 한데 지금 그의 눈앞에 무릎을 꿇고 있는 사내는 마치 모진 풍파를 이겨내고 홀로 살아남은 들개의 형상을 하고 있었다.

"지난날, 철산도문의 정기가 크게 상했다는 얘기는 들었다."

풍월은 패천마궁에 배반의 칼을 든 적룡무가가 철산도문을 공격했고 감당키 힘든 피해를 당했음을 알고 있었다.

은혼의 설명에 의하면 문주 관양검이 큰 부상을 당했고, 대다수의 장로들이 목숨을 잃었다고 했다. 며칠 전 만난 적룡무가 무인들에게 조금의 인정도 베풀지 않았던 것은 바로 그런 이유 때문이었다.

"적룡무가의 더러운 놈들이 궁주님께 반역을 하며 본문을 함께 공격했습니다. 죽을힘을 다해 저항을 했지만 역부족이었습니다."

당시의 상황을 떠올리는 것인지 피가 나도록 입술을 깨무는 조무룡의 눈에서 한광이 피어올랐다.

풍월은 분기를 참지 못하는 조무룡을 보며 철산도문의 상황이 자신이 예상한 것보다 훨씬 좋지 않다는 것을 직감했다.

"문주님은 어디에 계시지? 그때 부상을 심하게 당하셨다고 들었는데 지금은 괜찮은 거냐?"

풍월이 한숨을 내쉬며 물었다.

"소, 소사숙……."

조무룡은 울먹이며 제대로 대답을 하지 못했다.

"왜 말을 못 해? 그리고 다른 놈들은 어디에 있는 거야? 내가 온 것을 알 텐데 코빼기 하나 비추는 놈이 없네."

풍월이 괜스레 밝은 음성으로 말했지만 조무룡의 울음을 막지는 못했다.

"사부님께선… 열흘 전에 돌아가셨습니다."

"뭐라고?"

풍월의 얼굴이 딱딱하게 굳었다.

"어쩌다가? 혹시 그때 당시 당했던 부상에서 벗어나지 못한 거냐?"

"아닙니다. 부상은 완쾌되신 지 오랩니다."

"하면 어떤 놈들한테 당한 거냐?"

"만독방 놈들이었습니다."

"만독… 방?"

"예, 야습을 해오는 놈들을 막으시다가 그만……."

고개를 떨군 조무령은 차마 말을 잇지 못했다.

풍월의 시선이 그가 아닌, 어느새 방문 밖에 선 은혼에게 향했다.

"제가 확인한 바에 따르면 근래 들어 풍천뇌가의 힘이 약해지면서 그 자리를 노린 놈들이 본궁에 대한 공격을 강화해 왔다고 합니다. 그중 대표적인 곳이 만독방입니다."

"만독방……."

만독방이란 이름을 듣자 화평연 때문에 인연을 맺었던 여운교의 얼굴이 잠시 스쳐 지나갔다.

"설마 다른 녀석들도 다 당한 거냐?"

풍월이 다시 물었다.

"그렇지는 않습니다. 다만 당시 싸움이 치열했던 터라 대다수가 부상을 당하고 독에 중독되는 바람에 지금껏 치료를 받고 있습니다."

풍월의 걱정스러운 시선이 자신에게 향하자 조무룡의 입가에 처음으로 희미한 웃음이 걸렸다.

"저는 괜찮습니다. 이게 다 소사숙 덕분입니다. 소사숙의 가르침 덕분에 지금껏 목숨을 부지하고 있습니다."

"가르침은 무슨. 며칠이나 배웠다고. 쓸데없는 소리하지 말고 가자. 녀석들의 얼굴이라도 봐야겠다."

민망함을 감추기 위함인지 풍월이 빠르게 방문을 나섰다.

조무룡이 황급히 뒤를 따르자 순후의 명을 받고 풍월을 데리러 왔던 은혼이 순간적으로 풍월을 잡을까 고민하다 힘없이 몸을 움직였다.

그때, 눈치 없는 황천룡이 따라나서려고 했다.

"미쳤어요?"

유연청이 재빨리 그의 팔을 잡아끌었다.

황천룡이 억울한 표정으로 바라보자 형응은 아예 고개를 돌려 버렸다.

                    *   *   *

"철산도문 아이들에게 다녀왔다고?"

침상에서 몸을 일으킨 독고유가 의자로 걸어오며 물었다.

"예."

대답하는 풍월의 음성엔 안타까움이 가득했다. 순간적으로 처참한 몰골로 누워 있던 철산도문 제자들의 모습이 떠오르기도 했지만 힘겹게 걸어오는 독고유의 모습이 말이 아니었기 때문이다. 만난 지 고작 두어 시진밖에 되지 않았음에도 상태가 너무 나빠진 것 같았다.

"부상이 심하다고 들었다. 다들 어떠하더냐?"

"그다지 좋지는 않더군요. 독 때문에 부상도 제대로 치료가 되지 않은 것 같습니다. 의원 영감의 말이 그래도 목숨엔 지장이 없다고 했습니다. 고생은 더 하겠지만."

독고유가 순후에게 고개를 돌렸다.

"혈수마의(血手魔醫)가 보고 있느냐?"

"예."

고개를 끄덕인 독고유가 풍월에게 말했다.

"다행이구나. 생사의괴만큼은 아니나 나름 일가를 이룬 의원이다. 그가 그렇게 말했다면 틀림없을 게야."

"예, 시침할 때 보니까 확실히 실력이 있어 보이더군요."

"아무튼 본좌 때문에 애꿎은 피해를 본 곳이 많지만 철산도문만큼 철저하게 당한 곳도 몇 없지. 마도 선배한테 면목이 없다."

독고유가 진심으로 미안해하는 기색으로 한숨을 내쉬곤 술잔을 들었다.

"궁주… 님?"

풍월이 괜찮냐는 듯한 얼굴로 독고유를 불렀다.

"허허! 괜찮다. 이 이상 나빠질 수도 없다. 게다가 앞으론 마실 기회도 없고."

너털웃음을 흘린 독고유가 천천히 술잔을 비웠다.

지그시 눈을 감은 채 술을 한참이나 입에 머금고 있다가 조금씩 삼키는 것이, 마치 그 향과 맛을 영원히 기억하려는 것 같았다.

"좋구나."

눈을 뜬 독고유가 빙그레 웃으며 잔을 내려놓았다.

"한 잔 더 드릴까요?"

풍월이 술병을 들며 물었다.

"아니다. 이만하면 충분하다. 지금껏 잘 버텨는 왔으나 술을 즐길 시간까지는 없을 것 같구나."

순간, 풍월과 순후의 표정이 동시에 굳었다.

"조금 전, 군사가 패천마궁의 수뇌들에게 네가 본좌의 뒤를 잇는다는 말을 전했다."

풍월이 자신도 모르게 순후를 돌아보았다.

순후가 무겁게 고개를 끄덕였다.

"별다른 잡음은 없다고 했으나 사람 속은 모르는 법. 하나, 혹여 그런 일이 있더라도 본좌의 얼굴을 봐서라도 어지간하면 품어보거라."

"알겠습니다."

"그렇다고 마냥 눈감아줄 필요는 없다. 때로는 무섭도록 잔인해져야 하는 자리다."

"명심하겠습니다."

담담히 대꾸하는 풍월을 보며 흡족한 미소를 지은 독고유가 순후를 돌아보았다.

"그동안 네가 고생 많았다."

순후가 무너지듯 무릎을 꿇었다.

"제대로 보필하지 못한 속하를 용서하십시오."

"한 번은 상관없다. 하지만 두 번의 실수는 하지 마라. 본좌가 지켜볼 것이다."

"궁주… 님."

순후의 눈에서 뜨거운 눈물이 흘러내렸다.

"본좌가 보아온 인물 중 가장 뛰어난 녀석이다. 난세의 승리자가 되기 위해 네게 가장 필요한 인물이기도 하고. 행여나 홀대하지 말거라."

"홀대라니요. 제가 패천마궁에서 가장 무서워한 사람이 바로 군사입니다."

풍월이 짐짓 엄살을 떨었다.

"허! 본좌가 아니고?"

"무력으론 누구를 두려워해 본 적이 없어서요. 도화원에서 나온 뒤론 더욱 그렇고요."

풍월의 자신만만한 모습에 헛웃음을 내뱉은 독고유가 잠시 창문을 바라보았다.

황혼과 함께 땅거미가 짙게 깔리기 시작했다.

붉게 물든 하늘이 마치 독고유의 마지막 삶을 보는 것 같았다.

물끄러미 하늘을 바라보던 독고유가 나직이 풍월을 불렀다.

"월아."

"예, 궁주님."

"네게 부탁하고 싶은 것이 있다. 들어주겠느냐?"

"말씀하십시오."

"마련."

허무하게 가라앉았던 독고유의 눈빛에서 마지막 생기가 발산되기 시작했다.

"놈들을 이대로 두고 가자니 눈이 제대로 감길 것 같지가 않다."

"걱정하지 마십시오. 확실하게 밟아주겠습니다. 천마 조사께서 남기신 유지도 있고요."

"하나 더."

"개천회 말씀이지요?"

풍월이 이미 알고 있다는 듯 물었다.

"그래, 따지고 보면 이 모든 일의 원흉인 놈들이다. 마련 또한 개천회에 휘둘린 어리석은 놈들이지. 죽음은 두렵지 않으나 놈들을 그냥 두고 간다는 것이 죽음보다 더 화가 나고 억울하구나."

"약속드리지요. 최대한 빠른 시간 안에 만나볼 수 있도록 모조리 날려 버리겠습니다. 하니 저승길, 너무 서두르진 마십시오."

"그래, 네 말을 들으니 참으로 든든하구나."

독고유가 흡족한 얼굴로 고개를 끄덕이며 말을 이었다.

"하지만 만만치 않다. 마련도 마련이지만 개천회는 그 저력이 어디까지인지 알 수가 없어."

"각오하고 있습니다."

"각오만으론 부족하다. 그만한 힘이 있어야 해."

"힘이 부족하다고 느끼지는 않습니다."

"아니, 부족하지 않을진 몰라도 충분해 보이지도 않는다. 해서 네게 조금이나마 도움이 되고자 한다."

"예? 무슨……."

의아한 얼굴로 말끝을 흐리던 풍월은 독고유의 표정에서 뭔가를 느끼곤 정색을 하며 물었다.

"혹시 제가 생각하는 그겁니까?"

"아마도."

"싫습니다."

풍월이 단호히 고개를 저었다.

"어째서?"

"제 힘으로 충분하다고 말씀드렸습니다."

생각보다 단호한 풍월의 모습에 잠시 침묵하던 독고유가 입을 열었다.

"하나만 물어보자꾸나. 천마 조사께서 남기신 무공은 어느 정도나 익혔느냐?"

"얼마 전 칠성을 넘어섰습니다."

"네가 말하길, 천마 조사께서 남기신 기록에 의하면 그분께서 무림을 종횡하실 때의 수준은 구성이라 했다. 맞느냐?"

"예."

풍월이 떨떠름한 얼굴로 고개를 끄덕였다.

"당시 천마 조사를 배반했던 제자들, 팔대마존 무공의 대부분이 마련으로 흘러들어 갔다. 정황상 개천회 놈들 역시 그들의 무공을 지녔다. 심지어 무림오존의 무공까지. 네가 직접 상대를 해봤으니 알겠구나. 엽무강 그 애송이의 무공은 어떻더냐?"

"크게 걱정할 정도는 아니었습니다."

"일대일로는 그렇겠지. 하나, 그런 수준이 세 명, 네 명을 넘는다면?"

"글쎄… 요."

잠시 엽무강의 무위를 떠올려 보았다. 확실히 이전에 상대했던 자들보다는 훨씬 강했다. 특히 수라마검에 자아를 빼앗겼을 때는 꽤나 상대하기가 까다로웠다. 엽무강이 수라마검을 이용해서 훨씬 강해졌듯 다른 자들 역시 뭔가 특수한 수단이 있을지도 모른다는 생각이 들었다.

"천마 조사께선 독에 중독되고도 그런 압도적인 무위를 보여주셨지. 하지만 넌 아니다."

"단순히 내력이 는다고 무공이 강해지는 것은 아닙니다."

풍월이 강하게 반발했다.

"물론이다. 깨달음이 뒷받침되지 않으면 별 의미가 없다는 것도 안다. 하지만 네가 깨달음을 얻었을 때, 천마 조사께서 남기신 무공의 성취가 팔성, 구성에 이르렀을 때를 생각해 보면 어떠하냐? 본좌의 내력이 얼마나 도움이 될는지 확신할 수는 없으나 최소한 내력이 부족해 마음껏 무공을 펼칠 수 없는 상황을 만들지는 않으리라 본다. 무엇보다!"

독고유가 풍월의 눈을 똑바로 응시하며 말했다.

"이제 곧 썩어 없어질 몸이다. 평생토록 키워온 내력 또한 연기처럼 사라지겠지. 이 얼마나 허무한 일이란 말이냐. 그보단 네게 조금이나마 도움이 되는 쪽을 택하고 싶었다. 어쩔 수 없이 짊어질 짐을 조금은 가볍게 해주고 싶다는 말이다."

"……"

보다 못한 순후가 입을 열었다.

"궁주님께서 원하시는 대로 해드리게. 원이라도 없이 떠나셔야지 않겠나?"

"군사의 말이 맞다. 본… 아니, 이 늙은이의 마지막 소원이다."

마지막 소원이란 말에 풍월의 몸이 움찔했다.

의자에 앉아 있지만 제대로 몸을 가누는 것도 버거워하는 독고유의 모습에 더 이상 고집을 피울 수 없는 상황이란 것이 느껴졌다.

"하아!"

입에서 탄식이 터져 나왔다.

가슴이 아려왔다.

마음과는 달리 입에선 퉁명스러운 말이 터져 나왔다.

"제기랄! 맘대로 하십시오. 난 모르겠습니다."

풍월이 신경질적으로 고개를 홱 틀고는 바닥에 내려앉았다.

독고유는 가부좌를 틀고 앉은 풍월의 눈가에 맺힌 눈물을 놓치지 않았다.

"잘 생각했다. 이제야 마도 선배를 뵈어도 면이 좀 설 것 같구나."

순후의 도움을 받아 힘겹게 걸음을 옮긴 독고유가 풍월의 뒤에 자리했다.

독고유가 풍월의 명문혈에 손을 뻗으며 말했다.

"미안해할 것도 없다. 부담도 갖지 마라. 짐만 안겨주는 것이 미안해 주는 조그만 선물일 뿐이니까."

"……."

"준비되었느냐?"

"……."

"기다리마. 마음의 준비가 되면……."

"감사… 합니다, 할아… 버지."

"오냐."

지그시 눈을 감으며 혼천무극공을 운기하는 독고유의 얼굴
엔 뿌듯한 웃음이 가득했다.

            *   *   *

풍월에게 자신의 내공을 전해준 마존 독고유는 풍월의 품
에서 편안히 눈을 감았다. 그리고 다음 날, 풍월은 일행을 이
끌고 패천마궁을 떠났다.

궁주의 장례도 치르지 않고 갑자기 사라진 풍월로 인해 패
천마궁 내에서 온갖 말들이 오갔지만 순후가 자신의 장례는
모든 복수를 끝마치고 치르라 한 독고유의 유언과 더불어 풍
월이 천마 조사가 남긴 무공의 완성을 위하여 은밀한 장소에
서 폐관수련을 시작했음을 설명하며 겉으로 드러난 불만은
일단락되었다.

하지만 아무리 폐관수련이라 하더라도 행선지도 정확히 알
리지 않고 사라진 풍월이 하루 이틀이 가고, 한 달, 두 달이
흘러 육 개월이나 모습을 드러내지 않자 조금씩 쌓였던 불만
이 결국 폭발하기에 이르렀다.

"뭐라 말을 해보게, 군사. 궁주께선 대체 언제 돌아오시는

것인가?"

패천마궁의 장로 전홍이 불만 가득한 얼굴로 물었다.

천마동부, 마련과의 싸움에서 패천마궁의 진정한 힘이라 일컬어지던 오대장로가 모조리 목숨을 잃은 지금 패천마궁의 장로들은 채 다섯도 남지 않았다.

전홍은 다섯 명의 장로들 중 가장 연장자로서 그 누구보다 발언권이 강했다.

순후가 대답을 하기도 전, 장로 광형이 비웃으며 소리쳤다.

"오기는 오는 건가?"

순후가 미간을 찌푸렸지만 오히려 목소리를 높였다.

"폐관수련이 아니라 설마 그냥 내뺀 건 아닌가……."

순후가 손에 들고 있던 섭선으로 탁자를 거칠게 내려치며 그의 말을 잘랐다.

"그만! 거기까지만 하시지요."

순후의 싸늘한 눈초리에 광형이 움찔하며 눈치를 봤다.

"지금 말씀은 못 들은 것으로 하겠습니다. 하지만 한 번만 더 불경한 말을 하신다면 결코 간과하지 않겠습니다."

"아니, 그게 아니라 노부의 말은……."

광형이 뭐라 변명을 하려 했지만 순후는 아예 고개를 돌려 버렸다.

"곧 끝난다고 하셨으니 머지않아 돌아오실 겁니다. 힘드신 것은 알지만 조금만 더 버텨주시지요."

순후가 전홍에게 간곡히 부탁했다.

"버티는 것은 문제가 아니나 도무지 기약이 없으니……."

전홍이 답답하다는 듯한 표정으로 한숨을 내쉬었다.

순후는 누가 뭐라 해도 패천마궁의 이인자다. 무공은 보잘 것없어도 어떠한 상황에서도 함부로 대할 수 없는 인물이었다.

"말은 제대로 합시다. 버티는 것이 어째서 문제가 아니란 말이오? 마련 놈들의 공세가 하루가 멀다 하고 이어지고 있소. 지금까지는 어찌 버텼지만 더 이상은 힘드오."

광풍가 가주 추소기가 불만 어린 표정으로 목소리를 한층 높였다.

"최근 들어 남궁세가의 움직임이 둔화되면서 적룡무가 놈들이 이쪽으로 병력을 보내고 있소이다. 다른 놈들이야 어찌 비벼볼 수 있지만, 솔직히 적룡무가는 버겁소. 대책을 세워야 하오."

백골문주 염위가 추소기의 말을 거들었다.

"추 가주의 말대로네. 적룡무가 놈들이 가세하면서 확실히 막기가 버거워졌어. 무엇보다 놈들이 본격적으로 움직이면서 그동안 눈치만 보던 놈들까지도 앞다투어 우리를 공격한다는 것이 문제라네. 숫자로 밀고 들어오는데 답이 없어."

"빌어먹을 정파 놈들! 마치 약속이라도 한 듯 공세를 멈췄어. 놈들이 마련의 배후만 공략해 줘도 놈들이 전력을 다해 우리를 공격할 수는 없을 텐데."

답답함을 이기지 못한 미천고가 거칠게 탁자를 내려쳤다.

"정무련 쪽은 몰라도 정의맹 놈들은 분명 냄새가 나오. 남궁세가가 무너지고 정무련의 몰락이 거의 확실시되는 상황에서 오히려 꼬리를 말았으니까. 정무련의 지위를 확실하게 차지하기 위해서라도 당연히 치고 나올 줄 알았는데 말이오. 놈들이 침묵하니 마련 놈들만 신났지."

정의맹의 이해할 수 없는 행보에 추소기가 이를 부득 갈았다.

"묵영단에선 정의맹에 개천회의 입김이 작용한 것으로 판단하고 있습니다."

순후의 말에 다들 놀라움을 감추지 못했다.

"개천회?"

"허! 이 상황에서도 그놈들의 이름이 나온단 말인가?"

"쓰레기 같은 놈들이 암중에서 또 수작질을 하는 모양이군."

반응은 격렬했다. 마련이 패천마궁을 배반한 이면에 개천회가 개입했다는 것이 정설인 바, 누구보다 개천회에 대한 반감이 컸기 때문이다.

"한데 마련이라면 모를까 정의맹까지 개천회의 입김이 들어간단 말인가?"

염위가 물었다.

"확실한 것은 아닙니다. 다만 궁주님께서 제갈세가에서 그런 의심을 하고 있다고 전하셨습니다."

"제갈세가가?"

"예, 해서 그들의 행보를 유심히 살펴보고 있었습니다. 한데 딱히 뭐라고 꼬집어 낼 수는 없지만 뭔가 이상하기는 합니다."

"흠, 제갈세가도 그렇고 군사의 판단이 그렇다면 확실하단 말이군."

염위가 고개를 끄덕이며 수긍하자 다른 이들도 별다른 의심을 하지는 않았다.

"하면 최근에 정의맹 놈들이 쏟아내는 개소리에도 개천회의 입김이 작용했다는 말이겠군."

전홍의 말에 광형이 고개를 저었다.

"개천회가 아니더라도 그저 하염없이 짖어댈 놈들입니다. 흥! 무림공적이라니. 제 놈들만 잘나고 정의로운 줄 아니까요."

"무림공적도 문제지만 보다 심각한 것은 놈들의 주장이 제대로 먹혀간다는 것이오. 심지어 우리 아이들도 의문을 가지는 놈들이 있으니까."

추소기의 말에 다들 어이없다는 얼굴로 그를 바라보았다.

"물론 치도곤을 내주었소. 다시는 그런 헛소리를 내뱉지 못하도록. 하지만 군사, 이는 심각한 문제요. 단순한 소문도 천리를 날아가면 진실로 변모하는 법이오. 분명 대응을 해야 하오."

추소기의 말에 모두가 심각한 표정으로 고개를 끄덕였다.

마존 독고유가 숨진 후, 무림에 돌기 시작한 소문은 그만큼 심각했다.

풍월이 흡성대법을 이용해 독고유의 내력을 갈취하고 목숨까지 취했다는 악의적인 소문.

풍월을 아는 모든 이들이 헛소리라 일축했지만 정의맹에선 무림에서 금기하는 흡성대법을 익혔다는 이유로 풍월을 무림공적으로 낙인찍으며 소문은 걷잡을 수 없이 퍼져 나갔다.

풍월이 급격하게 강해진 이유가 천마의 무공을 얻었기 때문이 아니라 흡성대법을 이용해 정사마 할 것 없이 무림인들의 내력을 닥치는 대로 갈취했기 때문이란 소문도 퍼졌다.

패천마궁은 물론이고 개방과 제갈세가에서도 나름 해명을 하며 소문을 잠재우려 했지만 소용없었다.

풍월과 싸웠던 북해빙궁에서, 개천회에서 직접적인 증거까지 나와 버리며 완전히 낙인이 찍혀 버린 것이었다.

"정무련마저 궁주님을 무림공적으로 지목한 상황입니다. 지금은 그 어떤 해명도 의미가 없습니다."

순후가 한숨을 내쉬었다.

그의 말대로 최근엔 정무련마저도 풍월을 무림공적으로 지목했는데, 개방의 극렬한 반대에도 불구하고 그런 결정을 내린 것은 정무련의 자리를 위협하는 정의맹을 의식했기 때문이라는 말들이 많았다.

순후의 말이 끝나기도 전에 욕설이 터져 나왔다.

"더러운 놈들! 제 놈들이 지금껏 버티고 있는 것이 누구 덕분인데."

"애당초 위선자들이 모여 만든 곳. 기대도 안 했네."

"은혜를 원수로 갚는 금수만도 못한 놈들입니다. 그러면서 정이니 협이니 운운하는 것을 보면 얼마나 가소로운지."

잠시 소란이 가라앉기를 기다린 순후가 입을 열었다.

"어차피 헛된 소문이야 궁주께서 돌아오시면 금방 해결할 수 있을 것이라 봅니다. 문제는 그때까지 버틸 수 있느냐는 것인데……."

순후의 시선이 지금껏 침묵을 지키고 있는 잔결방주 풍천황에게 향했다.

패천마궁에서 이탈하지 않은 몇 안 되는 세력 중 잔결방은 가장 강력한 전력을 지닌 문파였다. 지금도 마련, 특히 만독방의 파상 공세를 막아내는 데에 그 어느 곳보다 많은 활약을 하고 있었다. 그리고 그만큼 피해가 큰 곳도 잔결방이었다.

"상황이 좋지 않다고 들었습니다. 얼마나 버틸 수 있을 것 같습니까?"

"한두 번의 공격은 어찌 막아낼 수 있을 것 같기는 한데 그 이상은 무리네. 과거엔 그저 독만 쓸 줄 아는 놈들이었는데 많이 달라졌어. 얼마나 지독하게 덤비는지. 어떤 면에선 우리보다 더 지독해."

풍천황이 만독방을 거론하며 고개를 흔들자 다들 깜짝 놀랐다.

태생적으로 패천마궁 내에서 그 어떤 세력보다 잔인하고 지독하며 끈질김을 자랑하는 곳이 바로 잔결방이기 때문이었다.

"지원 병력을 보내도록 하겠습니다. 조금만 더 버텨주십시오."

"어중간한 놈들로는 어림도 없네. 청귀대나 황귀대 놈들처럼 근성과 실력까지 갖춘 놈들이라면 모를까."

"하지만 그들은 아시다시피……."

순후가 곤란한 표정을 짓자 풍천황이 답답한 표정을 감추지 못했다.

"그러기에 어째서 그놈들까지 데리고 가셨단 말인가? 폐관 수련을 하신다면 밀은단으로도 충분했을 텐데."

"전대 궁주님의 뜻이었습니다."

순후가 변명하듯 둘러댔다. 하지만 아니다.

처음, 폐관수련을 위해 떠나던 풍월은 호위를 위해 당연하다는 듯 따라붙는 밀은단도 귀찮아했다.

순후는 그런 풍월에게 지금까지 살아남은 청귀단과 황귀대원 오십여 명까지 억지로 붙여줬다.

비록 오십여 명에 불과하지만 어쩌면 패천마궁에서 가장 강력한 전력이라 할 수 있는 그들을 풍월에게 떠나보내는 일은 상당한 모험수였다.

청귀대와 황귀대원들만 패천마궁에 남아 있었다면 지금처럼 답답한 상황까지 몰리지는 않았을 터. 그럼에도 풍월에게 딸려 보낸 이유는 하나였다.

어릴 적부터 사육하다시피 키워진 그들은 오직 궁주의 명을 따르고 궁주를 위해 목숨을 버린다.

풍월이 새로운 궁주가 되었으니 전대 궁주에게 향했던 충성 또한 당연히 풍월에게 향할 것이다.

하나, 엄밀히 말해 풍월은 외부인이다. 전대 궁주가 받았던 충성을 이끌어낼 수 있을지 솔직히 미지수였다. 해서 풍월에게 보냈다. 그들의 충성을 이끌어내고 나아가 실력까지 향상시키기를 바라면서.

순후가 나직이 숨을 내뱉으며 고개를 돌렸다.

창문을 통해 붉게 물든 노을이 보였다.

노을 어딘가에 풍월이 폐관수련을 하는 곳이 있을 터였다.

'잘되고 있는 것입니까?'

애써 태연한 척하고 있지만 그 누구보다 답답하고 초조한 사람이 바로 그였다.

*   *   *

패천마궁이 위치한 계림의 청사담(靑獅潭)에서 북서쪽으로 오십여 리 떨어진 천평산(天平山).

풍월과 그 일행이 산이 깊고 험하여 사냥꾼들조차 찾지 않는다는 천평산 중턱의 분지에 자리를 잡은 지 벌써 육 개월이란 시간이 흘렀다.

육 개월이란 시간 동안 무너진 집들과 잡초만 무성했던 분지도 많이 변했다.

주변에 제법 많은 초가들이 들어섰고 분지 중앙엔 그럴듯한 연무장도 만들어졌다.

그리고 지금, 육 개월이 지나는 동안 늘 변함없던 광경이 연무장에서 펼쳐지고 있었다.

"어후, 살벌하다. 어째 저것들은 손속에 인정이라는 것이 없냐? 저러다 정말 누구 하나 죽어나가야 저 짓을 그만두지."

커다란 바위에 걸터앉은 황천룡이 술병 하나를 흔들거리며 혀를 찼다.

"똑같은 말을 백 번도 넘게 한 거 알아요?"

바위에 어깨를 기대고 있던 유연청이 고개를 들며 웃었다.

"진검도 아니잖아요. 그리고 지금껏 크게 다친 사람도 없었고."

"저러다 사고가 나는 법입니다."

"그런 법은 잘 모르겠지만 하나는 확실히 알겠어요."

"뭐를 말인가요?"

황천룡이 바위에서 훌쩍 뛰어내리며 물었다.

"다들 실력이 늘었다는 것을요."

"그런… 가요?"

황천룡이 눈을 크게 뜨고 연무장에서 벌어지고 있는 비무를 살폈다.

확실히 예전에 비해 살기는 조금 수그러든 것 같기는 한데 딱히 발전했다는 느낌은 받지 못했다.

"그냥 똑같은 것 같은데요."

"잘 보세요. 처음 이곳에 왔을 때 저들은 마치 상처 입은 야수 같았어요. 하지만 지금은 사냥감을 노리는 맹수처럼 변했지요."

유연청은 진지했지만 황천룡은 더욱 이해할 수가 없었다.

"그러니까 야수와 맹수… 가 뭔 차이일까요. 그놈이 그놈

아닌가요?"

황천룡이 전혀 이해가 안 된다는 표정으로 눈만 끔뻑일 때 그들의 뒤에서 담담한 음성이 들려왔다.

"간단한 겁니다. 저들은 분명 실력이 늘었어요. 하지만 황 아저씨의 실력은 그들보다 훨씬 더 늘었지요. 한마디로 눈에 차지 않는다는 겁니다."

순간, 황천룡의 입가에 함지박만 한 웃음이 걸렸다.

"호오! 이렇듯 날카로운 식견이라니!"

몸을 빙글 돌린 황천룡이 어느새 곁에 다가와 있는 형웅을 향해 술병을 내밀었다.

"한잔할래?"

형웅이 고개를 젓자 얼른 손을 거둔 황천룡이 형웅의 뒤에서 지친 모습으로 숲을 빠져나오는 자들에게 시선을 주었다.

"오전 훈련은 끝난 거냐?"

"예."

"아주 잡았구나. 얼마나 잡았으면 다들 저 모양이야."

"형님을 호위해야 하는 놈들입니다. 제대로 해야지요."

"그렇긴 하다만……."

황천룡은 숲을 빠져나오자마자 곳곳에 널브러지는 밀은단 원들을 보며 안쓰럽단 눈빛을 보냈다.

"개개인의 무공은 상당한데 암습이나 외부의 공격에 대해선 조금 약한 모습을 보여요."

형웅과 함께 밀은단을 훈련시킨 청요가 땀에 젖은 머리카락을 뒤로 쓸어 넘기며 말했다.

몽롱한 눈으로 그녀를 바라보던 황천룡이 유연청의 시선을 의식하곤 얼른 고개를 돌리며 말했다.

"그런데 명색이 패천마궁의 궁주인데 호위가 겨우 열두 명이라니 너무 적은 것 아냐?"

"또 그 얘기예요? 순후 군사가 증원을 해준다고 몇 번이나 말했지만 오라버니가 필요 없다고 했잖아요."

괜히 말을 돌리려다 유연청의 핀잔에 할 말이 없었진 황천룡이 다시 화제를 돌렸다.

"그런데 아직이냐?"

"뭐가요?"

앞뒤 자른 질문에 형웅이 귀찮다는 듯 되물었다.

"궁주 놈 말이다. 아직도 그러고 있느냔 말이야."

"여전하죠."

"허! 오늘로 벌써 보름째 아냐? 지가 달마대사도 아닌데 허구한 날 면벽이야, 면벽이. 아이쿠!"

갑자기 비명을 지른 황천룡이 고통의 원인을 찾아 고개를 돌렸다.

"왜 그러세요, 아가씨?"

황천룡이 억울해하는 얼굴로 물었다.

"말 조심하라고 몇 번이나 말씀드렸잖아요. 풍 오라버니를 그렇게 함부로 부르면 안 된다고."

유연청이 왼쪽을 힐끗 바라보며 말했다.

그녀의 시선을 따라 고개를 돌리던 황천룡은 유연청이 어째서 그렇게 정색을 했는지 이해할 수 있었다. 조금 전까지만 해도 죽을상을 하고 뻗어 있던 밀은단원들이 일제히 황천룡을 바라보고 있었다. 그것도 몹시 살벌한 눈빛으로.

"험험! 또 실수를 했네요. 주의를 한다고 하는데 입에 붙어서. 죄송합니다, 아가씨."

황천룡이 유연청에게 사과를 했다. 하지만 그 사과는 사실상 밀은단에게 한 것이나 다름없었다.

"뭔가 중요한 고비가 아닐까 싶습니다. 사흘에 한 번씩은 밀은단과 저들의 무공을 봐주던 풍 공… 궁주께서 보름이나 꼼짝하지 않고 명상에 잠겨 있는 것을 보면요."

궁주라는 호칭이 아직 입에 붙지 않는지 살짝 어색한 표정을 지은 청요가 말했다.

"그런 것 같다. 명상에 들어가기 전에 형님도 어쩌면 벽을 넘을 수도 있을 것 같다고 말씀하셨으니까."

형응이 풍월이 홀로 수련하고 있는 동굴을 바라보며 말했다.

"제길, 그놈의 벽. 나도 넘었으면 좋겠는데. 도대체가 감도 잡히지 않으니."

황천룡이 답답한 표정으로 한숨을 내쉬었다.

"천천히, 조급한 마음을 버리고 여유 있게 생각하세요. 지금까지 잘해왔으니까요."

형웅이 황천룡을 달랬다.

"그렇게 마음을 먹으려고 해도 잘 안 돼. 자꾸만 부족한 면이 보여서."

"그거 욕심인 거 알죠? 제가 아는 사람 중 가장 빨리 실력이 는 사람이 바로 아저씨예요."

"흐흐흐! 그런가?"

형웅의 칭찬에 황천룡이 기분 좋은 웃음을 흘렸다.

형웅의 칭찬은 빈말이 아니었다.

풍월의 집중적인 지도를 받은 황천룡은 뒤늦게 재능을 꽃피웠다고 해도 과언이 아닐 정도로 엄청나게 실력이 늘었다.

특히 최근 들어 자신의 한계를 몇 번이나 무너뜨리는 기염을 토했는데 청평산 분지에 들어올 때만 해도 유연청과 비교해 조금 나은 정도의 실력이었으나 지금은 그녀가 십초지적도 되지 않을 정도였다. 유연청 또한 장족의 발전을 했다는 것을 감안하면 황천룡의 성장은 실로 믿겨지지 않을 정도였다.

"내가 요즘 심각하게 생각하고 있는 것이 있는데. 아무래도

나 천잰가 봐."

"……."

황천룡에게 시선을 집중했던 이들이 어이가 없다는 표정을 지을 때였다.

"쯧쯧, 아직 멀었네."

갑자기 들려온 음성에 모두가 고개를 획 돌렸다.

그들의 뒤, 처음부터 듣고 있었다는 듯 풍월이 편안한 모습으로 서 있다.

『검선마도』13권에 계속…

초대형 24시 만화방

신간 100%, 샤워실, 흡연실, 수면실(침대석), 커플석, 세탁기 완비

▪ 광명 광명사거리역점 ▪

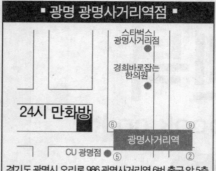

경기도 광명시 오리로 986 광명사거리역 6번 출구 앞 5층
02) 2625-9940 (솔목타워 5층)

▪ 강북 노원역점 ▪

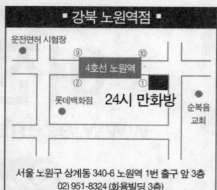

서울 노원구 상계동 340-6 노원역 1번 출구 앞 3층
02) 951-8324 (화용빌딩 3층)

▪ 일산 정발산역점 ▪

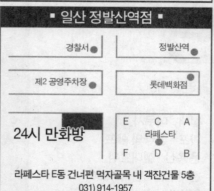

라페스타 E동 건너편 먹자골목 내 객잔건물 5층
031) 914-1957

▪ 일산 화정역점 ▪

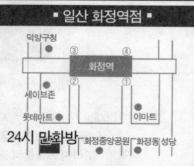

경기도 고양시 덕양구 화정동 984번지 서일빌딩 7층
031) 979-4874 (서일사우나 건물 7층)

▪ 부천 역곡역점 ▪

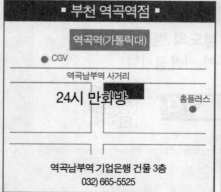

역곡남부역 기업은행 건물 3층
032) 665-5525

▪ 부평역점 ▪

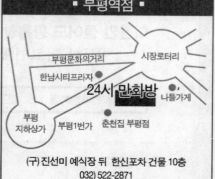

(구) 진선미 예식장 뒤 한신포차 건물 10층
032) 522-2871

MODERN FANTASTIC STORY

강준현 현대 판타지 소설

주무르면 다고침!

희귀병을 고치는 마사지사가 있다?

트라우마를 겪은 후 내리막길을 걸어온 한두삼.
그는 모든 걸 포기하고 고향으로 향하게 된다.
그리고 그곳에서 특별한 능력을 얻게 되는데…….

"도대체 나한테 무슨 일이 생긴 거지?"

한두삼,
신비한 능력으로 인생이 뒤바뀌다!

Book Publishing CHUNGEORAM

유행이 아닌 자유추구
WWW.chungeoram.com

실명 무사

김문형 新무협 판타지 소설

FANTASTIC ORIENTAL HEROES

망자가 우글거리는 지하 감옥에서
깨어난 백면서생 무명(無名).

그런데, 자신의 이름과 과거가 기억나지 않는다?
잃어버린 기억을 되찾기 위해 망자 멸절 계획의 일원이 되는 무명.

망자 무리는 죽음의 기운을 풍기며
점차 중원을 잠식해 들어가는데……!

"나는 황궁에 남아서 내가 누구인지 알아낼 것이오."

중원 천하를 지키기 위한
무명의 싸움이 드디어 시작된다!

Book Publishing CHUNGEORAM

유행이 아닌 자유추구 -
WWW. chungeoram.com